ASPI DETH

REBELS

Du même auteur :

Disponibles :

— Les Velázquez : tome 1 (2014)

— Les Velázquez : tome 2 (2015)

— Rebels : 1. La Sélection (2015)

À paraître :

— Rebels : tome 2 (2016).

— D'autres publications à venir dans le courant de l'année 2016.

ISBN : 978-2-930830-00-1

"À une époque de supercherie universelle,

dire la vérité est un acte révolutionnaire".

George Orwell — 1984

Bonne lecture.

Prologue

Page d'accueil du réseau social "#Rebels"

Comme vous le savez, en 2024, les dirigeants des différents pays se sont retrouvés lors d'un congrès mondial concernant le fléau principal de notre planète : la surpopulation. Confrontés à ce problème et à tout ce que cela impliquait (manque de nourriture, chômage, détérioration des soins de santé, pénurie de logements, extrême pauvreté...), les différents gouvernements ont pris des mesures drastiques pour annihiler cette menace.

Ce jour-là, un accord qui allait affecter le monde entier fut conclu entre les différents pays de ce qui s'appelait, autrefois, l'Europe.

Ces mesures, aucune conférence de presse ne les a abordées et depuis lors, aucun politicien n'y a jamais fait allusion, laissant les habitants dans l'ignorance.

Ce qui avait été conclu lors de ce congrès ne devait jamais être dévoilé, mais ça, c'était avant #Rebels.

Depuis, avec l'aide de nos consultants au sein de la résistance armée et de nos hommes sur le terrain, nous avons pu constater que les pays se sont renfermés sur eux-mêmes, préférant se concentrer sur leurs problèmes plutôt que sur ceux des autres pour "veiller davantage au présent et à l'avenir de notre peuple" comme le prétendent avec ferveur leurs dirigeants.

Cependant, au cours des deux années qui ont suivi, le département des affaires étrangères ainsi que son ministre en fonction ont tout simplement été rayés de la carte.

Nous notons également une série de soi-disant épidémies qui ont fait rage dans les différents hôpitaux du pays. Plus de deux millions de victimes, principalement des personnes âgées, seraient à déplorer, rien que dans les centres de soins, tels que les maisons de retraite, les infirmeries et les hôpitaux, dont la maintenance est de plus en plus négligée.

Mais cela ne s'arrête pas là...

Les prisons, par exemple, ont vu leur nombre de détenus chuter à vue d'œil. Les autorités ont publié un rapport officiel qui estime le nombre de détenus d'un quart moins nombreux, alors que nos sources nous affirment que seul un tiers de la population carcérale aurait survécu à des vagues de suicides, intoxications alimentaires, rébellions et autres évènements sur lesquels le gouvernement a refusé de s'exprimer.

Peu après, d'autres classes de la population se sont vues affectées par la nouvelle politique mise en place par l'État : "Un peuple sain pour un État sain".

Un peuple sain ? En effet, c'est ce à quoi ils aspirent. Mais attention, il ne vous suffit pas d'avoir une bonne hygiène de vie pour répondre aux critères de sélection, car ce qu'ils entendent par "sain" est en réalité "sans défaut" aussi bien physiquement et mentalement que génétiquement "parfait".

Rapidement considérés comme des erreurs de la nature dans une société où aucun défaut n'est toléré, les handicapés, les homosexuels, les personnes comportant une "tare" quelconque tels que les albinos, les sourds et les muets et bien d'autres, tels que ceux issus de naissances multiples sont montrés du doigt comme étant les coupables de tous les maux qui affectent notre pays. Rejetée et persécutée, la grande majorité de ces personnes a trouvé refuge dans certaines provinces du pays, désormais qualifiées de "provinces contaminées". Ainsi, Alaros a été laissée à l'abandon par l'État, qui favorise la capitale et les provinces "riches" ou dites "à ressources".

C'est donc maintenant que nous devons réagir et refuser une telle politique discriminatoire, avant que les membres de nos familles, nos amis, nos voisins ne finissent par être traqués comme des animaux et exterminés en luttant pour survivre contre la famine et la pauvreté.

Heureusement, au fil des ans, tapis dans l'ombre, des résistants tels que nous ont mis en place une organisation sur la base d'un réseau social, afin de permettre à chacun de lutter contre l'injustice de cet État qui nous gouverne et de lutter pour contrer ce système de dictature qui se met doucement en place.

#Rebels, le réseau social de la résistance, est une plateforme de l'Aligore (*version moderne de ce qu'était jadis Internet*) divisée en deux grandes parties : le blog, sur lequel sont publiés au minimum deux articles par semaine, et le chat qui vous offre la possibilité de dialoguer en temps réel avec n'importe quel autre membre de notre communauté.

Nous vous rappelons toutefois que nous vous encourageons à utiliser l'anglais, langue interdite par la première loi anti-résistants, lors de vos communications.

Évidemment, ce qui n'était au départ qu'un réseau social tout ce qu'il y a de plus commun, est devenu, en un temps record, un des principaux ennemis de l'État qui tente, en vain, de le neutraliser. De nos jours, alors que l'acte de manifester est puni de mort, #Rebels vous permet d'exprimer votre voix, de façon anonyme, via notre dernier moyen d'expression et ce, en toute sécurité grâce au cryptage inviolable de notre site.

#Rebels vous permettra donc d'accéder à une diffusion très large d'informations et d'articles, tous avec preuves à l'appui. Mettant l'accent sur la sensibilisation, notre premier objectif est d'informer nos concitoyens concernant les dérives inacceptables de notre gouvernement.

Mais, #Rebels est également un outil fondamental dans la pratique.

Nous gardons tous en tête les évènements récents dans le nord-est du pays où, grâce à notre espace de "chat", de nombreuses personnes ont pu être sauvées des incendies qui ont fait si subitement rage et sur lesquels les autorités n'ont, une fois de plus, pas voulu faire de commentaires. Ainsi que la semaine dernière, lorsqu'une jeune fille sourde et muette a failli être enlevée par le "GISAR" (Groupe d'Intervention Spécial Anti-Résistants) dans la capitale. C'était devenu une alerte nationale qui a permis à d'autres personnes d'échapper aux enlèvements et aux diverses disparitions sur lesquelles nous enquêtons toujours activement.

R.E.B.E.L.S. Ces cinq lettres sont désormais devenues synonymes de rébellion contre un système injuste et terrifiant qui écrase une population pour en favoriser une autre.

De par son nom, #Rebels (version anglaise du terme "Rebelles") est un signe de défi envers cet État qui est allé jusqu'à proscrire l'utilisation de cette langue qui a pendant tant d'années symbolisé l'union des pays du monde.

Si, vous aussi, vous partagez nos principes et si vous vous trouvez sur cette page d'accueil aujourd'hui, à ce moment précis, ce n'est pas anodin. Vous vous trouvez ici, car vous pensez également qu'il est temps d'agir et de se lever afin de protéger notre peuple et nos provinces qui subissent au quotidien le poids des mesures prises par ce gouvernement despotique.

À présent, voici quelques points essentiels pour le bon usage de notre réseau social :

– S'inscrire sur #Rebels doit être le résultat d'un choix personnel et réfléchi.

– Nous vous garantissons que la source du signal utilisé lors de votre connexion demeurera introuvable.

– Nous vous demandons, pour votre propre sécurité, de ne dévoiler aucune information personnelle.

– Avant de diffuser une information, vérifiez sa valeur et son exactitude.

– Faites preuve d'esprit critique.

Sur ce, vous qui avez décidé de devenir membre de #Rebels,

Vous qui refusez de vivre dans un monde où aucune différence n'est tolérée,

Vous qui savez qu'un clic, un "j'aime", un article partagé, un commentaire ou une vidéo postée peut faire bouger les choses,

Vous, membres de #Rebels, à qui aucune information n'échappera, n'ayez qu'un mot en tête, celui de la vérité, celui du peuple, celui de la résistance :

#Rebels.

"SAVE YOUR HUMANITY, FOLLOW US BECAUSE **WE ARE #REBELS!**"

(Sauve ton humanité, suis-nous parce que nous sommes des rebelles)

Article signé Black_Unicorn.

Chapitre numéro un :

La propagande

La voix de Gotyé brisa le silence.

— Tu plaisantes, j'espère ?

— Je dis seulement que tu n'avais pas l'air très convaincu, c'est tout, lui fit remarquer Vigdis, visiblement vexée.

— Arrête, c'est au moins la cinquième fois que je mentionne le fait qu'elle est bien. N'est-ce pas, Naé ? Dis-lui ce que tu penses de la nouvelle page d'accueil de #Rebels.

— Je préfère ne pas répondre à cette question, lui répondit celui-ci, qui tentait de réparer le pied du petit fauteuil en tissu usé.

— Pourquoi lui n'a pas à répondre, alors que moi oui ?! s'indigna Gotyé, mécontent.

— Je savais qu'elle ne te plaisait pas, se vexa Vigdis.

— Elle me plait, c'est juste que...

— Que quoi ? demanda la jeune femme.

— Que tu es peut-être un peu trop directe dans tes accusations. Tu sais, c'est quand même l'État que tu attaques dans ton article.

— Il n'a pas tort, lui accorda Naé en se concentrant davantage sur sa tâche. Tu devrais te montrer plus prudente.

— Plus prudente ?! s'époumona-t-elle. Rien que la semaine dernière, trois personnes ont été signalées disparues.

— Raison de plus pour être prudente, l'interrompit Gotyé.

Visiblement du même avis, Naé, qui partageait les préoccupations de son frère cadet, compléta :

— Je dis seulement que depuis que le GISAR a vu ses budgets tripler, ils multiplient les raids et, tous les jours, des centaines de fascicules concernant la sélection de candidates potentielles sont distribués à nos concitoyens ainsi que des prospectus reprenant les procédures d'engagement dans l'armée et au GISAR.

Naé avait marqué un point et Vigdis le savait. Naé travaillait au sein du service postal gouvernemental de sa province et distribuait tous les jours des centaines de documents de propagande pour cet État qu'il détestait au plus haut point.

— En quoi cela a-t-il un lien avec #Rebels ? renchérit Vigdis, bien décidée à conserver sa page d'accueil en l'état.

— Je dis seulement qu'avec leurs nouveaux budgets, ils ont peut-être engagé d'autres experts en informatique plus performants, s'inquiéta Naé en continuant de s'acharner sur le petit fauteuil à trois pieds.

— Personne ne peut briser mon pare-feu, je te l'ai déjà dit, lui assura-t-elle, une pointe d'arrogance dans la voix.

— Tout va bien dans ce cas. C'est seulement nous qui nous inquiétons pour rien, lui concéda Gotyé, sentant le ton monter entre son frère et leur amie d'enfance.

– J'espère seulement que tu sais ce que tu fais, Black_Unicorn, clôtura Naé, réprobateur, en parvenant enfin à rafistoler le fauteuil.

– Je vous rappelle qu'il est temps de passer à table, les apostropha Nanie en passant la tête dans le chambranle de la porte.

Nanie, une dame âgée de septante-trois ans aux courts cheveux noirs dont la repousse blanche était visible à des kilomètres, était la grand-mère de Naé et Gotyé. Malgré ses traits tirés et sa peau jaunie par les années et la maladie, Nanie, qui était le surnom choisi par ses petits-enfants, paraissait tout de même plus jeune que son âge.

– Allez, installez-vous maintenant, et ne parlez plus de tous ces trucs d'ordinateurs. Vous me fatiguez à la fin.

– Vu comment va l'économie dans notre province, bientôt plus personne n'aura accès à un ordinateur, même bricolé avec des pièces d'occasion comme le mien, l'informa Vigdis.

– C'est dangereux, ces trucs-là, lui assura la septuagénaire. Il paraît que ça vous donne des maladies, c'est pour ça que l'État a arrêté leur production.

– C'est surtout pour empêcher les citoyens d'accéder à #Rebels, grommela Vigdis en servant le repas.

Un pigeon et trois patates douces à diviser entre quatre personnes, cela ne laissait pas grand-chose à chacun, pensa la jeune femme en déclarant :

– Heureusement pour vous, je n'ai pas faim. Ça en fait plus pour vous.

15

– Vigdis, la sermonna Naé, bien conscient du petit jeu qu'elle jouait.

– Je t'assure que c'est vrai, mentit-elle en le fusillant du regard, refusant que Nanie découvre la supercherie. Je t'en sers une portion un peu plus grosse, lui proposa la jeune femme.

Naé observa son amie avec attention. Ses longs cheveux châtains étaient attachés en chignon sur le haut de son crâne à l'aide d'un crayon, dégageant son visage aux traits fins. Il baissa les yeux discrètement et contempla sa silhouette mince et élancée que son t-shirt large, dans les tons gris, ne mettait pas en valeur. Elle portait un jeans trop large également, en tissu fin, bon marché, qui trahissait le fait qu'elle avait maigri récemment.

Peiné par les sacrifices que devaient faire les gens auxquels il tenait, Naé déclina poliment son offre. Il était le chef de famille et devait subvenir à leurs besoins, pourtant il ne parvenait même pas à mettre à manger pour tout le monde sur la table.

– Tu es deux fois plus grand que ton frère, c'est normal que tu manges plus, insista Vigdis, en posant son regard sur sa large carrure.

– Allez, fais pas ton difficile, lui reprocha son cadet. En plus, tu vas travailler après.

Vigdis profita d'un moment d'inattention pour lui mettre le morceau le plus imposant du pigeon dans son assiette ébréchée par des années d'utilisation.

– Merci, murmura-t-il à voix basse.

– Maintenant que tout le monde est servi, je vais reprendre l'écriture de mon article de la semaine prochaine, les informa

Vigdis en s'isolant dans le salon.

— Tu es sûre que tu ne veux rien, ma chérie ? s'assura la grand-mère.

— Non merci, Nanie, mentit-elle en lui baisant le haut du crâne avant de quitter la pièce.

Une fois dans le salon, Vigdis s'installa sur le fauteuil que Naé venait de réparer, un bloc-notes et un crayon posés sur ses genoux. Elle écrivait toujours sur papier avant de retaper l'article sur l'ordinateur de fortune qu'elle s'était construit avec des pièces de récupération. Malgré son look miteux, ses performances étaient extrêmes. Dans sa province, il fallait faire avec ce qu'on trouvait.

Elle leva les yeux et observa le petit salon dans lequel elle se trouvait. Un silence absolu y régnait, uniquement interrompu par le cliquetis des couverts contre les assiettes qui provenait de la cuisine.

Vigdis se plaisait bien, ici. Elle avait appris à aimer la vie avec Nanie et ses deux petits-enfants. Gotyé avait le même âge qu'elle et était né également en avril. Cette année, ils auraient tous deux vingt-trois ans. Naé, de trois ans leur aîné, veillait sur toute la famille, et de ça, Vigdis s'en voulait terriblement. Elle savait tous les efforts qu'il faisait dans leur intérêt à tous.

Évidemment, Vigdis n'avait pas choisi de venir vivre chez eux. À l'époque, Nanie, Gotyé et Naé vivaient déjà dans cet immeuble, tour immense, dans les bas quartiers de la province d'Alaros. La mère de Vigdis habitait au même étage que Nanie et sa famille quand elle avait été assassinée. Au bout de quelques jours, Nanie s'était inquiétée des pleurs d'enfants qui lui parvenaient, et, contrairement à tous les autres habitants de l'immeuble, elle était allée voir ce qui se passait.

C'est là qu'elle avait trouvé Vigdis, affamée et terrifiée. Elle avait sept ans.

Depuis, elle avait grandi aux côtés de Gotyé et Naé et s'était investie dans #Rebels, concept imaginé par sa mère quelques années auparavant et dont elle avait retrouvé des notes à ce sujet. Désormais, la résistance prenait tellement de place dans sa vie qu'elle n'avait pas le temps de travailler et se consacrait à plein temps à son site. Nanie, malade et trop âgée, ne travaillait pas non plus, laissant Naé comme seule source de revenus du ménage.

Gotyé s'était à de nombreuses reprises disputé avec son frère afin d'obtenir son autorisation pour trouver un travail, mais Naé refusait systématiquement, particulièrement depuis sa récente agression. Il ne voulait pas prendre le risque que son frère soit blessé à cause de son orientation sexuelle par une de ces bandes extrêmement dangereuses et souvent armées qui se formaient de plus en plus et qui visaient, entre autres, les homosexuels.

— Je pars bosser, l'informa Naé en enfilant sa veste avant de traverser la pièce dans laquelle elle se trouvait.

— Travaille bien, lui lança Vigdis par courtoisie, car elle savait le dégoût que le jeune homme éprouvait pour son emploi.

Il hocha la tête en guise de remerciement et elle observa sa large carrure, sa courte chevelure blonde et son visage doux et chaleureux à la fois, disparaître du petit appartement.

***

Le pigeon lui était resté en travers de la gorge, façon de parler.

Évidemment, il avait dévoré sa part. Il avait faim, mais cela l'avait atteint moralement de devoir se rendre à l'évidence que ses efforts ne payaient pas. Malgré toutes ses tentatives pour maintenir sa famille la tête hors de l'eau, il échouait.

Vêtu de la tenue réglementaire, Naé referma le casier contenant ses vêtements et entreprit de pousser l'imposant chariot de prospectus qu'il devait distribuer aujourd'hui.

Les portes et les personnes s'enchaînaient. Il marchait depuis des heures et le vent glacial du soir attaquait ses mains calleuses. Il s'était enfoncé si loin dans les bas quartiers d'Alaros qu'il ignorait s'il aurait la force d'affronter ce vent terrible et de faire le chemin inverse, une fois sa tournée terminée.

Il continua à avancer et se remémora une de ses nombreuses disputes avec Vigdis concernant son travail. Il rit, ironique. Il est vrai que c'était risible. Elle qui transpirait la rébellion par tous les pores de sa peau et lui qui distribuait tous les jours des centaines de fascicules de propagande pour ce gouvernement auquel il avait cessé de croire il y avait bien longtemps.

Soudain, un frisson le parcourut. Il ne devait pas être malade. Il ne pouvait pas être malade. S'il manquait un jour de boulot, il serait licencié et dans ce cas, ce ne serait pas un maigre pigeon qu'il ramènerait pour manger, ce ne serait rien... rien du tout.

Naé repéra alors un tonneau métallique, comme il y en avait un peu partout dans les environs, et s'approcha de celui-ci avec son chariot presque vide.

Il prit quelques-unes des brochures qu'il devait distribuer et les plaça dans le tonneau. Puis, à l'aide d'un briquet qu'il gardait toujours dans sa poche, il les enflamma.

À cet instant, il était bien. Réchauffé, il prit quelques secondes pour feuilleter l'une des brochures qu'il lui restait à distribuer.

Les affiches et autres tracts publicitaires avaient lentement commencé à fleurir dans la contrée d'Alaros. Imprimés en masse, les divers fascicules de propagande étaient produits par le Doniar, mystérieuse entreprise de production à la chaîne qui était, depuis plusieurs années, devenue la première entreprise du pays.

Spécialement étudiée pour atteindre un public âgé de dix-huit à trente ans, la brochure vantait les très nombreux avantages de l'engagement au sein de l'armée ou du fait de devenir, si vous étiez une femme, candidate pour la Sélection, au sein du GISAR, qui avait lieu chaque semaine.

La brochure promettait de manière mensongère un statut privilégié au sein de la société et, pour ceux qui s'engageaient dans l'armée, le double voire le triple du salaire moyen tout en devenant de vraies célébrités, héros contemporains de toute une nation qui se voyait doucement dépérir.

Le jeune homme feuilleta rapidement le reste du fascicule que recevaient tous les habitants des différentes provinces.

Les premières pages reprenaient quelques informations récapitulatives sur l'histoire de leur pays, le Loukarr, nation divisée en dix contrées, aussi appelées provinces : Alaros, Amandis, Aniel, Berouda, Juadora, Kilae, Killarr, Naquoris, Novos et Vuadora.

Les pages suivantes reprenaient de manière très brève les évènements historiques importants qui avaient amené leur société à évoluer de la sorte, se détachant de plus en plus des technologies et allant jusqu'à interdire l'utilisation des téléphones portables pour protéger les habitants des effets néfastes des ondes produites par ces appareils. C'était en tous cas ce que prétendaient les dirigeants de cet État totalitaire. Les lignes suivantes résumaient d'une manière très favorable pour l'État, les différentes grandes décisions pour aider le peuple à vivre en harmonie et lutter contre leurs vrais ennemis, les rebelles.

Naé soupira bruyamment en survolant les nombreux passages lançant des louanges à la présidente Humdera du Loukarr qui était, soi-disant, parvenue à mettre sur pied une société saine et vivant en toute sécurité. Elle remerciait le Doniar, entreprise principale du pays, pour leurs généreux investissements dans le secteur médical, mais aussi l'armée et surtout tous les membres du GISAR pour leur aide dans la lutte active contre la résistance.

Cet article se terminait sur la procédure permettant de s'engager au sein de l'armée (si vous étiez un homme uniquement) ou de postuler en tant que candidat pour la Sélection.

Naé rit jaune.

"La Sélection... Quel beau nom pour de la prostitution" pensa-t-il, écœuré.

Évidemment, ce n'était pas inscrit comme ça dans le prospectus, mais c'était la vérité. Les femmes désirant se joindre à la Sélection étaient examinées sous toutes les coutures et choisies comme du vulgaire bétail afin de satisfaire l'élite du GISAR durant une semaine. Après cette période, d'autres participaient à une nouvelle Sélection amenant de la viande fraîche au menu de l'unité d'intervention spéciale anti-résistants.

Encensés par l'État et toute une génération de parents qui

voyaient dans leurs enfants un potentiel financier, les jeunes, dont il faisait partie, étaient de plus en plus sensibles à ces propositions alléchantes, afin d'être à la fois promus à des rangs plus élevés de la société et d'obtenir du respect et de la reconnaissance de la part de leurs compatriotes.

Les recrues qui parvenaient à intégrer le GISAR devenaient des héros de la nation et les candidates au programme de Sélection étaient respectées et même enviées. Les régulières obtenaient, en guise de remerciement pour leur soutien aux troupes, un statut privilégié et rémunéré. Être une régulière était désormais un métier.

Naé referma le magazine et le lança rageusement dans les flammes.

Ce prospectus ne disait qu'une certaine version de ce qu'était réellement le programme...

Lui aussi, à une époque, il avait été tenté d'intégrer cette aventure afin d'aider son peuple et de trouver sa place au sein de sa communauté, mais il savait que tout était loin d'être aussi beau et respectable que ce que le fascicule prônait. Au cours de ses recherches avec Vigdis et les autres résistants, il avait entrevu l'envers du décor et comprenait la dévotion et l'engagement sans faille de son amie dans le mouvement résistant.

Empli de rage contre les dirigeants de son pays qu'il aimait tant, il saisit les brochures restantes dans son chariot et les lança dans le tonneau duquel des flammes jaunes, rouges et orange s'échappaient, s'entremêlant dans une danse fascinante dont les volutes de fumée s'envolaient vers le ciel devenu sombre et menaçant.

Chapitre numéro deux :

La convocation

Enora faisait mentalement le point.

Elle avait préparé sa valise la veille avant d'aller dormir. Il lui fallait des vêtements pour une période de sept jours maximum et elle avait respecté à la lettre les instructions stipulées dans la convocation.

2 pulls blancs en mailles épaisses.

5 hauts blancs.

3 longs pantalons blancs près du corps.

2 pantalons blancs en lin.

1 paire de chaussures de couleur blanche.

5 paires de chaussettes blanches.

Des sous-vêtements de couleur claire.

Elle avait tout rassemblé dans une petite valise rouge qui avait appartenu à une de ses tantes.

Elle relu rapidement la seconde partie de la convocation.

Pour son arrivée dans les locaux du GISAR, elle devait être vêtue d'un t-shirt réglementaire, d'un long pantalon, de sous-vêtements classiques, d'une paire de chaussettes courtes et de chaussures plates, le tout toujours de couleur blanche, afin de pouvoir accéder à l'épreuve de sélection.

Une autre des exigences était d'avoir le visage dégagé. Elle avait donc attaché son épaisse chevelure mi-longue dorée en une queue haute et avait fixé sa mèche vers l'arrière à l'aide d'une fine pince très discrète.

Elle ne voulait pas être disqualifiée pour si peu.

"Je n'ai pas le droit à l'erreur", pensa-t-elle, envahie par le stress.

La dernière partie de la convocation mentionnait un texte de présentation que tous les participants se devaient de préparer.

Elle récita à voix basse :

« Je m'appelle Enora.

Je viens d'avoir vingt-trois ans.

J'habite la contrée d'Aniel, où je vis avec mes parents qui sont chercheurs au sein des laboratoires principaux de la capitale.

Actuellement, j'étudie les rites et coutumes de nos ancêtres à l'Institut des Histoires mortes.

Je m'appelle Enora et c'est un honneur d'être présente dans les locaux du GISAR. »

« Parfait » la félicita une voix dans son dos.

La jeune femme fit volte-face et découvrit sa génitrice.

— Merci, lui répondit-elle avec timidité.

— Tu vas apporter fierté à notre contrée, j'en suis certaine, la rassura la mère en remarquant la pression s'emparer doucement de sa fille.

— Je l'espère, souffla Enora entre ses dents.

— N'oublie pas que tes points faibles sont tes émotions. Tu dois rester concentrée sur ta mission et sur rien d'autre.

La jeune femme acquiesça, avide de conseils.

— Si tu passes avec succès la phase de sélection, tu devras convaincre ton binôme que tu n'es là que pour le satisfaire... Méfie-toi, ces soldats sont entraînés, s'ils découvrent les raisons de ta présence, ils te dénonceront. Tu ne dois pas être démasquée, c'est clair ?

Enora resta muette et son interlocutrice continua :

— Mais sache que je crois en toi. Ton père aussi, ajouta-t-elle après avoir marqué une pause. Tout comme toi, nous voulons retrouver Althéa, c'est ce qui compte le plus à nos yeux, lui assura sa génitrice avant de quitter le hall dans lequel se trouvait sa fille avec son bagage.

Enora regarda sa mère s'éloigner avant de disparaître dans une des autres pièces de la grande maison où elle habitait. Rageusement, elle essuya une larme qui lui avait échappé lorsqu'elle avait prononcé le nom de sa sœur jumelle, Althéa, disparue depuis près de cinq ans.

Dès l'instant où les réformes du nouveau gouvernement avaient été mises en place, sa famille avait craint le pire. Les jumeaux, considérés comme des personnes possédant un pouvoir télépathique extrêmement puissant, avaient été l'un des premiers groupes de personnes visés par les arrestations organisées par l'État... pour le bien commun, soi-disant.

Et un jour, un jour comme tous les autres, un jour comme celui-ci, Althéa avait été enlevée.

Elle avait tout simplement disparu.

Depuis ce moment, Enora et ses parents tentaient désespérément de survivre, donnant un but à leur existence en rejoignant la résistance et le mouvement #Rebels.

Ses parents avaient alors commencé à participer à divers projets confidentiels organisés par les groupes de la résistance armée, au nord du pays, dans la province de Novos, laissant Enora seule avec le désespoir et la profonde tristesse qu'avait entraîné la disparition de sa sœur bien-aimée.

Évidemment, leur engagement au sein de ce groupe était punissable de mort, mais après avoir perdu une fille, tout était relatif. La disparition d'Althéa leur avait fait perdre pied et ils avaient changé d'attitude envers leur autre fille. Ils s'en étaient comme désintéressés, comme s'ils avaient voulu ne plus s'attacher, de peur de souffrir à nouveau. Ou peut-être était-ce le fait qu'ils ne voyaient désormais plus que les traits d'Althéa dans le visage de leur seconde fille ?

Toutefois, Enora n'avait jamais cru à la mort d'Althéa et, soutenue par ses parents, elle s'était lancée corps et âme à la recherche de sa jumelle disparue.

Lentement, elle se dressa sur ses jambes fines, avança jusqu'à la grande glace qui trônait près de l'entrée et s'observa avec attention.

Dans le reflet, elle découvrit une jeune femme tout ce qu'il pouvait y avoir de plus commun. Ses cheveux d'un blond chatoyant, ses iris clairs, son visage rond aux pommettes trop creusées, ses lèvres fines, sa petite taille d'un mètre soixante, sa poitrine discrète, ses hanches presque inexistantes et ses jambes qui manquaient de galbe, elle n'avait rien d'exceptionnel.

Elle répondait aux critères exigés par la société, mais n'avait pas hérité de la beauté de sa mère qui, malgré l'âge, conservait toute son élégance d'antan.

Malheureusement... car pour retrouver Althéa, elle avait besoin de #Rebels qui investiguait au quotidien sur les disparitions et enlèvements récurrents aux quatre coins du pays. Mais si elle voulait obtenir l'aide de #Rebels, elle devait aussi aider les modérateurs du site. Apprenant de la bouche d'un ami de ses parents, un résistant, que l'organisation essayait de convaincre plusieurs candidates de la justesse de leur cause et sachant que cela jouerait en sa faveur et pousserait les modérateurs à considérer la disparition d'Althéa comme une priorité, Enora s'était proposé d'intégrer le programme de sélection du GISAR.

Non, elle n'allait pas devenir un agent...

Elle allait en séduire un.

Quelqu'un sonna à la porte, faisant sursauter la jeune femme et la sortant brutalement de ses pensées. Il s'agissait du chauffeur du GISAR qu'elle attendait avec anxiété. Sans dire un mot, celui-ci empoigna le bagage d'Enora qui jeta un dernier coup d'œil vers l'autre bout du couloir, espérant apercevoir une dernière fois sa mère, mais elle ne vit personne. Elle jeta un coup d'œil vers cette ancienne maison de maître que possédaient ses parents, demeure dans laquelle elle avait grandi, ri et surtout pleuré. Elle inspira profondément, essuya derechef ses joues humides. Le conducteur siffla, mécontent du temps que lui faisait perdre la jeune femme et, sans plus attendre, elle alla le rejoindre dans le silence le plus total. Elle monta ensuite dans le véhicule qui la conduirait au GISAR où elle passerait l'épreuve de sélection qu'elle se devait de réussir.

Chapitre numéro trois :

Ma sœur. Ma famille. Mon pays. #Rebels

Durant toute la durée du trajet qu'Enora estima à près de quarante minutes, les yeux de la jeune femme furent bandés. Il lui fallut attendre que le véhicule soit à l'arrêt pour que le chauffeur l'autorise à défaire le bandeau qui l'empêchait de voir.

– Nous sommes arrivés, l'informa le conducteur d'une voix monocorde.

– Vous m'accompagnez ? l'interrogea-t-elle, anxieuse, en admirant l'imposante base militaire qui se dressait devant elle, au beau milieu de la campagne.

– Non, vous y allez seule, lui répondit-il en indiquant l'extérieur du regard. Je ne descends pas.

– Je n'ai pas d'argent à vous donner pour la course, lui avoua-t-elle, gênée.

– Tout est déjà payé, la rassura le cinquantenaire qui mâchait un cure-dent, confortablement assis derrière son volant. Le GISAR s'est occupé de tout.

Enora, plus qu'intriguée, le remercia d'un signe de tête, saisit sa valise et sortit du véhicule qu'elle regarda s'en aller avec lenteur, comme si elle hésitait à lui courir après, renonçant à cette folie dans laquelle elle s'apprêtait à se lancer.

Une fois le véhicule hors de son champ de vision, la jeune

femme fit volte-face et prit la direction de l'imposante barrière de l'entrée principale du bâtiment. Arrivée au niveau du parlophone, elle appuya sur le bouton central et demanda dans le vide :

– Est-ce que quelqu'un m'entend ? Il y a quelqu'un ?

Elle patienta un instant et c'est au moment où elle commençait à s'inquiéter qu'une voix sèche et directive s'exclama :

– Veuillez décliner votre identité et la raison de votre présence.

– Mon nom est Enora, je suis une des participantes pour l'épreuve de sélection qui se déroule aujourd'hui.

– ...

– Allo ? Vous êtes toujours là ?

– ...

– Quelqu'un m'entend ?

Soudain, l'impressionnante barrière s'ouvrit et un homme d'une cinquantaine d'années en tenue militaire la sermonna, virulemment :

– Vous êtes en retard ! Tout le monde vous attend !

– Je suis confuse, s'excusa Enora. J'ai fait au plus vite mais le taxi a dû prendre du retard durant le trajet.

– Peu importe la raison, vous êtes en retard, se plaignit le militaire en lui indiquant le bâtiment principal, une pointe d'agacement dans la voix. Prenez la première à droite en entrant puis descendez deux étages et traversez ensuite le hangar.

– Donc je traverse un hangar après avoir descendu deux

étages, c'est bien ça ? s'assura-t-elle d'avoir bien compris.

— Oui, allez, tout le monde vous attend, la gronda-t-il en indiquant la porte d'entrée du bâtiment qu'il lui avait renseigné quelques instants plus tôt.

Sans attendre, Enora se pressa pour traverser la centaine de mètres qui la séparait de sa destination. Prêtant une attention toute particulière à ne pas se faire écraser par les jeeps qui allaient et venaient au cœur du site et dont certains conducteurs la klaxonnaient, heureux d'accueillir sur leur base une nouvelle candidate à la Sélection.

La jeune femme leur sourit poliment avant de disparaître dans le bâtiment où elle allait retrouver les autres prétendantes à cette célèbre sélection.

Sans dire un mot, la jeune femme suivit à la lettre les instructions du militaire. Elle avait pris la première à droite et, hésitante, avait descendu l'escalier en béton sur deux étages, en serrant exagérément la poignée de sa valise rouge écarlate. Enora arriva finalement dans un hangar poussiéreux dans lequel du matériel en tout genre était stocké. Elle le traversa lentement.

— Il y a quelqu'un ? tenta-t-elle de savoir en continuant sa progression vers le fond de ce qui semblait être un espace de stockage tout ce qui était de plus banal.

N'obtenant aucune réponse, elle continua à avancer et fit face à ce qui ressemblait à une porte blindée avec une ouverture à codes.

Pendant un court instant, elle inspecta le pad numérique qui permettait d'introduire un code spécifique. Elle réfléchit et se remémora un numéro présent sur sa convocation. Par chance, elle ne l'avait pas oubliée chez elle et s'était contentée de la glisser dans la poche intérieure de sa veste.

"8-9-1-8-0-5-2-4-8-8-0-6" était la seule donnée numérique capable de correspondre à ce type de code.

Elle leva la main, frôla les boutons du pavé numérique et laissa retomber sa main le long de son corps.

Il était encore temps pour elle de faire demi-tour, de changer d'avis.

Elle pouvait encore revenir en arrière et arrêter cette folie.

Elle se sentait si seule, si perdue. Elle luttait contre l'envie de pleurer et pensa à ce qu'Althéa aurait fait. Elles avaient beau être jumelles, elles avaient toujours été très différentes.

Sa sœur était toujours celle qui prenait les décisions, elle était la plus forte des deux, la plus courageuse.

À sa place, Althéa n'aurait même pas hésité. Elle aurait foncé et atteint son but, comme elle le faisait toujours.

Enora devait se montrer à la hauteur et faire ce qu'il fallait pour retrouver sa jumelle, sa moitié.

Elle prit une profonde inspiration et encoda les numéros suivants :

8-9-1-8-0-5-2-4-8-8-0-6 et la fermeture céda.

Les portes massives s'ouvrirent et dévoilèrent une pièce remplie d'une foule de femmes qui discutaient, riaient et se préparaient dans un tintamarre assourdissant.

– Tu es Enora ? demanda une voix sur sa droite alors qu'elle s'apercevait que les portes se refermaient dans son dos, la maintenant prisonnière de cette réunion féminine.

– Pardon ?

– Tu es Enora, pas vrai ? lui demanda à nouveau une jeune femme à la peau noire comme la nuit.

Quant à elle, elle ne portait pas une combinaison blanche comme le réclamait la convocation, mais un ensemble rouge flamboyant qui faisait particulièrement ressortir la couleur de son corps aux tons chocolat.

– Oui, c'est bien moi, confirma la dernière arrivée, désorientée.

D'un cri, la splendide candidate à la peau sombre avertit le reste du groupe qu'elles étaient désormais au complet.

– Moi, c'est Myras, se présenta-t-elle en souriant.

– Enchantée, lui rétorqua Enora, heureuse de faire la connaissance de quelqu'un qui, à première vue, était sympathique.

– Alors, prête à passer une semaine inoubliable avec l'un des hommes les plus en vue de la société, Enora ?

L'expression de la nouvelle venue arracha un rire franc à Myras.

– Tu sais au moins pourquoi tu es là ? s'assura la demoiselle au physique de panthère.

– Oui... oui... je sais pourquoi je suis là, lui répondit Enora en se remémorant les raisons pour lesquelles elle était présente ici à cet instant précis.

"Ma sœur. Ma famille. Mon pays. #Rebels" récita-t-elle mentalement.

— Ouf, tu me rassures, se détendit Myras. Encore un peu, je croyais que tu étais vierge ! rit-elle de bon cœur.

Enora sourit malgré elle, car, même si elle n'était pas vierge, ses expériences en matière d'hommes étaient plus que limitées. Elle avait eu un copain quelques années auparavant. C'était peu de temps après la disparition de sa sœur, elle avait seulement cherché un peu de réconfort dans les bras de quelqu'un qu'elle voyait comme un ami et qui ne cherchait qu'à la mettre dans son lit. Une fois que cela avait été chose faite, elle avait perdu tout intérêt à ses yeux et il avait simplement disparu, lui aussi.

Lorsqu'Enora posa à nouveau son regard sur la beauté noire, celle-ci appliquait une couche généreuse d'encre à lèvres rouge flamboyant.

— Tu en veux ? lui proposa sa nouvelle amie en remarquant qu'elle n'était pas maquillée.

Son visage à la peau de pêche n'avait nullement besoin de fond de teint ou de poudre. Ses joues creusées faisaient office de contouring naturel et ses yeux clairs oscillant entre le gris bleuté et le bleu lagon n'avaient pas besoin d'être particulièrement mis en valeur, mais Myras n'attendit pas l'accord de la jeune femme et traça deux traits rouges sur les joues de celle-ci.

Enora voulut s'offusquer mais, directive, sa condisciple prit les commandes, en estompant avec précision le produit sur ses pommettes bombées avant de passer à ses lèvres fines :

— Ne bouge pas. Tu vas tout gâcher.

Elle passa ensuite à l'application d'un épais trait de crayon noir qu'elle humidifia au préalable avec sa salive et qu'elle estompa à son tour, tentant d'obtenir un effet fumé qui mit en valeur le magnifique regard de la candidate.

— Voilà ! se félicita-t-elle en observant ce qu'un rouge à lèvres et un crayon noir en fin de vie étaient capables de faire.

Enora la remercia, gênée, puis lui posa une question qui lui trottait dans la tête depuis le début de leur conversation.

— Pourquoi te montres-tu gentille avec moi ? Tout le monde me jette des regards en coin et semble sur la défensive alors que tu te conduis de manière aimable à mon égard chercha à savoir Enora.

Sans demander la permission, Myras détacha les cheveux noués de la jeune femme et les brossa soigneusement de ses longs doigts fins.

— Parce que je suis une régulière. J'appartiens à Lucius, un des hommes de la section principale. Nous ne pouvons pas nous marier, mais c'est comme si nous l'étions. Toutes les petites nanas viennent ici dans le seul but de devenir la régulière d'un des membres de l'équipe. Je m'assure simplement que personne ne prendra mon Lucius.

— Et tu as le droit de rester près de lui ?

— Oui, la renseigna-t-elle. S'ils le souhaitent, les membres du GISAR peuvent demander à te garder à leurs côtés aussi longtemps que tu es d'accord. Ma sœur a demandé à me voir, alors je suis sortie de la ruche, mais c'est exceptionnel.

— La ruche ?

– Oui, c'est comme ça qu'on surnomme cet endroit. Dis-moi, tu viens de quelle planète ? la taquina la régulière. Ne me dis pas que tu t'es basée sur la liste présentée sur la convocation ?

– J'ai suivi la liste vestimentaire à la lettre, lui confirma Enora dont le visage virait au rouge sang.

Et soudain, elles éclatèrent de rire. La nouvelle candidate mit ça sur le compte de la nervosité à l'approche du début de la sélection, à laquelle elle n'avait plus la moindre envie de participer.

– Je ne me fais pas beaucoup d'amies dans le coin, mais si tu consens à barrer Lucius de ta liste de partenaires potentiels, sache que je suis là pour toi si tu as besoin de parler ou si tu as besoin d'une information sur quelqu'un.

– Lucius qui ? plaisanta Enora en lui confiant qu'elle était heureuse de la connaître.

– Et ne t'en fais pas pour ton problème de garde-robe, si tu es sélectionnée, on trouvera une solution.

– Merci.

– Tu es décidément très différente des autres bimbos que je vois défiler d'habitude.

– Je suis juste là pour... pour...

"Ma sœur. Ma famille. Mon pays. #Rebels" récita derechef Enora pour elle-même.

– Pour passer du bon temps, compléta Myras, amusée par l'incertitude de la jeune femme tandis que la foule entrait dans la pièce suivante.

Chapitre numéro quatre :

La Sélection

Enora et sa nouvelle amie suivirent le mouvement général de la foule qui se divisa en deux grandes files où chaque personne passait une à une près du médecin.

— Que se passe-t-il ? s'inquiéta la nouvelle candidate.

— Une foule de femmes en chaleur s'apprêtent à entrer dans un des bâtiments les plus confidentiels du pays. Il est bien normal qu'on s'assure que personne n'est malade. En plus, il faut bien que tu reçoives l'injection de contraceptifs.

En entendant ces mots, elle frissonna.

— Et là, que font-ils ? la questionna-t-elle à nouveau en désignant du menton une seconde zone de contrôle près de l'entrée de la seconde salle.

— Ils vérifient que tu n'as aucun antécédent judiciaire dans ton casier, l'informa Myras en recoiffant sa tignasse, l'ébouriffant afin d'amplifier le volume de sa chevelure épaisse. Mais ne t'en fais pas, une fois qu'on aura passé la phase de sélection à proprement parler, ça pourra commencer et tu découvriras rapidement si tu es sélectionnée. Si oui, tu pourras probablement passer un peu de temps avec ton binôme au lit avant d'aller dormir, car, à cette heure, leur dernière séance d'entraînement de la journée devrait déjà être terminée.

Enora déglutit bruyamment et s'inquiéta :

— Tu ne peux pas choisir la personne avec laquelle tu veux être associée, pas vrai ?

— En effet, ils choisissent avec qui ils souhaitent passer la semaine.

— Et comment ça se passe exactement ? s'informa la jeune femme, anxieuse.

— Il y a un tirage au sort puis les membres principaux de la brigade s'arrangent entre eux s'ils préfèrent telle candidate au lieu de celle qui leur a été attribuée. Nous sommes une vingtaine de candidates pour douze hommes.

— Douze seulement ? s'étonna Enora en passant en revue la foule de prétendantes qui l'entourait.

— Seule l'élite a le droit à ce... cet avantage. Cela motive les officiers à monter en grade et les gradés à garder leur position dans cette sélection très convoitée au sein des troupes.

— Comment es-tu certaine que tu seras sélectionnée dans l'échantillonnage qui leur sera présenté ? chercha à comprendre la novice.

— Toutes les femmes étant renseignées comme étant des régulières sont prioritaires.

— Vu le nombre de personnes retenues, je ne serai certainement pas sélectionnée, réalisa Enora, ne sachant pas si elle devait se réjouir de cette information ou pas.

— Ne t'en fais pas pour ça, la rassura Myras, qui vérifiait pour la énième fois son maquillage dans un petit miroir de poche qu'elle sortait de sa combinaison rouge. Les personnes chargées de la Sélection se baladent parmi nous actuellement. Ils cherchent des filles un peu différentes de ce que les gars ont l'occasion de... goûter. Et crois-moi, ce n'est pas souvent que des filles dans ton genre atterrissent ici. L'agneau parmi les louves... tu seras prise, il n'y a aucun doute là-dessus.

Les jeunes femmes arrivèrent au niveau du médecin qui saisit fermement le bras d'Enora qui se retint de se débattre. Elle ne voulait pas paraître suspecte de quelque manière que ce soit.

L'homme d'une bonne quarantaine d'années posa le canon de ce qui semblait être un pistolet à piston gris métallisé et pressa la détente. Une plainte sourde échappa à la jeune femme qui, alors qu'il lui rendait l'usage de son bras, remarqua que l'appareil avait laissé une petite brûlure cylindrique sur sa peau pâle.

— À quoi cela sert-il ? le questionna-t-elle, curieuse et anxieuse de se voir d'ores et déjà écartée de cette Sélection.

Le docteur connecta l'ustensile avec un tuyau transparent qui aspira sur-le-champ le contenu du prélèvement et un logo de chargement apparut sur l'écran principal de la machine.

— Nous voulons seulement nous assurer que vous êtes saine et nous en profitons pour vous administrer des contraceptifs pour une durée de sept jours.

— Saine ?

— Exempte de toute maladie ou virus, précisa-t-il.

Un message en écriture verte s'inscrivit sur l'écran et, même si elle était incapable de décrypter les données médicales qui étaient apparues, la jeune femme comprit qu'elle n'était pas recalée.

— Veuillez passer au contrôle suivant, l'invita le médecin qui s'attaquait déjà au bras de Myras.

Enora le remercia d'un signe de tête discret auquel il ne répondit pas et elle avança vers un soldat en combinaison militaire noire qui lui tendit un pad numérique.

— Posez votre index droit ici, la commanda-t-il.

Sans ouvrir la bouche, elle s'exécuta. Après quelques secondes, il l'informa qu'elle pouvait enlever son doigt et Enora remarqua que son empreinte digitale était restée gravée dans le capteur numérique.

Le soldat appuya sur plusieurs boutons latéraux et l'objet émit un son mélodieux qui confirmait que le casier de la candidate était totalement vierge.

— Passez chez mon collègue pour la fouille, lui ordonna-t-il, procédurier.

— Merci, lui répondit la candidate sans obtenir de réponse.

La jeune femme avança alors vers un homme plus âgé que le précédent et qui était, lui aussi, vêtu du même uniforme noir.

— Écartez les bras et les jambes, mam'selle, mâchonna-t-il en s'approchant d'elle, armé d'un stick métallique avec lequel il frôla lentement son corps.

Ralentissant exagérément lors de son passage au niveau de sa poitrine ou de l'intérieur de ses cuisses, il prenait grand soin de presser l'objet contre ses formes discrètes. Enora aurait voulu se révolter mais elle supporta l'humiliation en silence, préférant attendre que le moment se passe plutôt que de jeter à l'eau ses chances de faire partie de la sélection finale qui lui donnerait peut-être accès aux locaux du GISAR.

Elle sentit le détecteur remonter le long de ses cuisses avec une lenteur extrême et elle ferma les yeux pour ne pas vomir. Elle occulta de son esprit l'objet, son porteur, les autres candidates, la pièce tout entière dans laquelle elle se trouvait et se concentra sur son unique objectif : retrouver sa sœur. Pour cela, elle devait aider le groupe de résistants #Rebels en pénétrant la ruche et en séduisant un membre du GISAR.

— C'est bon, avancez, la commanda le soldat qui en avait fini avec sa fouille corporelle.

Elle ouvrit les yeux, lui sourit et avança vers une femme d'approximativement dix ans son aînée. Vêtue de la même combinaison unie que les autres soldats, elle invita Enora à s'asseoir sur le tabouret placé devant elle.

La candidate potentielle s'exécuta sans objecter et prit quelques instants supplémentaires pour l'examiner. Tandis qu'elle préparait sa caméra, Enora passa en revue les traits sévères de son visage dépourvu de toute féminité.

Cela ne devait pas être évident d'évoluer dans ce type d'environnement, devina la novice en inspectant le chignon parfaitement réalisé qui disciplinait la chevelure de la militaire.

— Vous êtes prête ? la sonda-t-elle en pointant le caméscope dans la direction de la candidate.

— Que dois-je faire exactement ? lui demanda Enora, un peu perdue.

— Quand vous vous sentez prête, récitez votre texte de

présentation.

– Je m'appelle Enora. Je viens d'avoir vingt-trois ans. J'habite la contrée d'Aniel où je vis avec mes parents qui sont chercheurs au sein des laboratoires principaux de la capitale. Actuellement, j'étudie les rites et coutumes de nos ancêtres à l'Institut des Histoires mortes. Je m'appelle Enora et...

– Continuez, la commanda l'agent à voix basse.

– Je m'appelle Enora et c'est un honneur d'être présente dans les locaux du GISAR.

La militaire coupa l'enregistrement et la remercia tandis que la novice, soulagée que cette épreuve soit terminée, continuait sa route vers la dernière étape, celle de la sélection de l'échantillonnage.

Lorsque Myras la retrouva, Enora se trouvait dans la pièce voisine. Les murs de béton étaient nus et l'un d'eux arborait une énorme vitre sans tain qui permettait aux candidates d'observer la salle principale de la brigade avec laquelle elles allaient peut-être passer les sept prochains jours.

– Tu ne regardes pas qui pourrait être ton binôme potentiel ? l'interrogea la sublime régulière, en remarquant que sa nouvelle amie ne jetait pas le moindre coup d'œil vers les soldats.

La novice secoua la tête et lui rétorqua :

– C'est inutile. Je ne sais même pas si je serai sélectionnée.

Myras rit, amusée par le comportement intriguant de la novice qui l'interrogea soudain :

– Je les entends parler de plusieurs soldats, tu les connais ?

— Les nouvelles ne viennent que pour eux, les trois commandants des troupes d'intervention. Il y a Nadar, Pyros et depuis le début de cette année, Aldon.

Enora frissonna en entendant ce prénom.

— Mon binôme, Lucius, fait partie de l'équipe de Pyros, continua Myras. Mais pour ton information, la majorité des femmes sont présentes ici pour Aldon.

— Mais tu m'as dit qu'elles ne pouvaient pas choisir leurs partenaires, la coupa la novice en tentant d'écarter le souvenir d'un dénommé Aldon qui lui revenait en mémoire aussi nettement que s'il s'était trouvé en face d'elle.

— En effet, c'est pour ça qu'elles reviennent semaine après semaine. Elles espèrent pouvoir un jour piocher son nom.

— Et en quoi est-il si spécial ? la questionna-t-elle, curieuse.

— Perso, je t'avoue que je le trouve à mon goût. Je veux dire... je ne suis pas aveugle... ce gars est à tomber mais je pense que les filles sont attirées par sa façon d'être. Je ne sais pas vraiment ce que c'est, mais il a quelque chose de particulier qui le rend irrésistible.

— Mais toi, tu y résistes ?

— Moi, j'ai un faible pour les hommes de couleur. J'aime un homme à mon image, noir, sexy et qui parle beaucoup, s'exclama-t-elle en riant. Lucius et Nadar sont les seuls de la brigade qui répondent à mes critères et Nadar est tout sauf quelqu'un de doux, donc prie pour ne pas piocher son nom.

C'est toujours bon à savoir, la remercia la novice en souriant, tandis qu'un soldat dans le même uniforme que ses coéquipiers leur tendait à chacune un numéro.

Enora remarqua qu'elle possédait le numéro treize et Myras le douze puis demanda, perplexe :

— Qu'est-ce que cela signifie ?

— Cela signifie que tu as été sélectionnée pour l'épreuve finale, l'informa sa nouvelle amie en souriant.

Chapitre numéro cinq :

Un bâtiment abandonné

— Trop cool ! s'exclama Gotyé. Pénétrer la nuit dans un bâtiment de l'État pour récupérer des informations top secrètes, ça y est, nous sommes officiellement des résistants purs et durs !

— N'y prends pas trop goût, lui rétorqua Naé en jetant un regard noir à Vigdis qui les avait convaincus de l'accompagner dans cette mission. C'est la première et dernière fois que tu fais une chose pareille, petit frère.

— C'est un bâtiment abandonné, je précise, rectifia leur amie.

— Qu'on t'a dit, rectifia Naé sans se déconcentrer.

— Je ne vois pas de gardes, ajouta Gotyé, désirant soutenir la jeune femme.

— Ce n'est pas parce qu'on ne voit pas de gardes qu'il n'y a pas de caméras.

— C'est pour ça qu'on porte des masques, se justifia Vigdis en réajustant le tissu qui couvrait son visage.

— Je ne comprends toujours pas pourquoi il fallait absolument que nous y allions, se plaignit Naé, inquiet d'être surpris par des gardes. Tu as des contacts avec des hommes de terrain dans la résistance armée, c'est à eux d'effectuer ce type d'opération.

– Comme je te l'ai déjà dit, la personne qui travaillait dans cette zone nous a lâchés et j'avais promis à LostAngel que j'allais faire tout ce qui était en mon pouvoir pour trouver des informations concernant la disparition de sa sœur.

– Cela pouvait attendre, la coupa Naé, toujours mécontent.

– Non, justement pas, se défendit-elle. LostAngel est probablement en route vers les bâtiments du GISAR pour la sélection. Elle se sacrifie pour nous et notre cause, je refuse de laisser cette mission au second plan.

Naé ne répondit pas. Il comprenait les raisons de leur venue ici mais avait un mauvais pressentiment concernant cet endroit. Ils n'étaient que trois. Aucun d'eux n'était armé et, s'il fallait se battre, il était le seul à avoir de l'expérience dans ce domaine et à pouvoir intervenir.

– D'accord pour cette fois, finit-il par lui accorder en brisant du coude une des vitres latérales du bâtiment qui semblait inoccupé.

– Si tu n'étais pas mon frère, je te trouverais sexy, plaisanta Gotyé tandis que Naé l'aidait à entrer dans le bâtiment sans se couper.

– Tu veux bien te concentrer cinq minutes, s'il te plaît, plaisanta Naé, toujours amusé par l'attitude désinvolte de son petit frère au corps fin et aux cheveux d'un roux chatoyant. À toi, la commanda ensuite l'aîné en attrapant la main de son amie avant de la soutenir au niveau des hanches pour l'aider à son tour.

Vigdis fut si surprise de sentir ses mains sur son corps qu'elle se retint de respirer et, alors qu'elle se hissait à l'intérieur, elle sentit la prise du jeune homme migrer vers ses fesses rebondies afin de l'assister dans son effort.

— Merci, lui dit-elle à voix basse tandis que celui-ci pénétrait dans le bâtiment, tentant avec difficulté de passer sa large carrure par l'étroite fenêtre.

Une fois tous les trois à l'intérieur, Naé jeta un rapide coup d'œil autour de lui et, n'apercevant personne, il invita ses comparses à se presser afin de quitter les lieux le plus rapidement possible.

— Comment est-on censé trouver les documents que tu cherches dans ce labyrinthe ? la questionna Gotyé, perplexe.

Vigdis marmonna quelques informations reçues disant que les documents en question étaient supposés, selon une de ses sources, se trouver dans la salle des archives au sous-sol.

— Nous devrions nous séparer afin de couvrir un maximum de terrain, leur proposa-t-elle.

— Hors de question, le petit comique est toujours celui qui se fait tuer le premier, refusa Gotyé.

— Tu n'es pas si comique que ça, tu sais, et Naé ou moi pourrions très bien y passer avant toi.

— Mon frère ? Il fait plus d'un mètre quatre-vingt et est fort comme un bœuf, comment veux-tu qu'il se fasse buter le premier ? Impossible ! Par contre, toi, tu pourrais... Tu parles beaucoup trop.

– Tais-toi et cherche plutôt les documents, s'amusa Vigdis. On ne sait jamais que quelqu'un nous ait vus et prévienne les autorités, le sermonna-t-elle.

– Au fait, où est passé Naé ? l'interrogea Gotyé en remarquant la disparition de son frère.

Soudain, le jeune homme fit irruption dans la pièce en s'écriant :

– Il faut que vous veniez voir.

Après avoir traversé deux grandes salles remplies de bureaux en piteux état, ils atteignirent un escalier qui les mena au sous-sol où se trouvait une pièce remplie de vieux documents.

Ils se trouvaient dans la salle des archives.

D'abord, ils durent pénétrer dans un sas de sécurité avant de pouvoir entrer à proprement parler dans ledit local.

– On a de la chance qu'il ne faille pas un pass, décréta à haute voix le cadet.

– Mon contact m'a donné une liste de codes internes, l'informa Vigdis, mais visiblement nous n'en avons pas besoin. Je crois que c'était pour pénétrer dans un autre niveau du bâtiment.

Très vite, ils se mirent à la recherche d'informations concernant la disparue. Vigdis espérait trouver dans son dossier des informations au sujet des circonstances de sa disparition et surtout, le lieu où elle pouvait être ou avoir été maintenue captive par le GISAR.

Passant en revue toute la documentation qui se trouvait devant elle, Vigdis rassemblait une masse d'informations sur un centre souterrain nommé "Verlaine" dont ils n'avaient encore jamais entendu parler mais elle ne voyait aucune information concernant des disparitions ou enlèvements.

— Je ne trouve rien. Pas une allusion dans ces pages sur ce que nous cherchons, informa Naé en refermant une imposante armoire pleine de dossiers.

— Hormis de la poussière et des toiles d'araignées, il n'y a rien de mon côté non plus, se plaignit le cadet qui vérifiait deux fois plutôt qu'une si une de ces bestioles ne lui était pas tombée dessus.

— Attends, on dirait que j'ai trouvé quelque chose, s'écria Vigdis d'une voix qui trahissait son excitation.

Avec rapidité, ils rejoignirent leur amie et se répartirent un dossier de rapports concernant des résultats d'expériences ainsi que des plans accompagnés du compte-rendu d'une réunion concernant le début des tests du site "Verlaine" qu'ils s'appliquèrent à examiner.

— Mais attends... c'est quoi le nom de cette fille déjà ? leur demanda Naé à voix haute.

— Althéa, l'informa Gotyé tandis que Vigdis était toujours fascinée par le dossier qu'elle parcourait.

— On dirait les plans qui ont servi à la construction du centre Verlaine, s'exclama-t-elle en les parcourant des yeux.

— Et en quoi cela est si intéressant ? chercha à comprendre Gotyé un peu perdu.

– J'essaie d'être constructive et de faire avec ce que j'ai, plaisanta la jeune fille.

Soudain, à l'autre bout de la pièce, Naé entama une danse de joie, agitant avec force un dossier dans les airs.

– Devinez ce que j'ai trouvé ! s'exclama-t-il.

Vigdis s'approcha et, après avoir jeté un coup d'œil rapide, elle confirma :

– C'est bien ce que nous cherchions, le remercia-t-elle en déposant un baiser sur sa joue.

– Et moi, j'ai pas droit à un bisou ? se plaignit le cadet, jaloux.

– Évidemment que si, le taquina-t-elle en l'embrassant à son tour. Tu es le meilleur.

– J'aurais plutôt dit le plus génial, le plus sexy et le plus drôle que la terre ait connu, mais ça fera l'affaire, s'amusa Gotyé.

À cet instant, Naé perçut un bruit venant de l'étage et, comme par réflexe, voulut obtenir confirmation :

– Vous avez entendu ça ?

– Quoi ?

– Ce bruit, leur demanda-t-il à nouveau.

– Avec le dossier d'Althéa et les documents concernant Verlaine, on va pouvoir bien avancer dans nos recherches sur les disparitions "mystères", s'extasia Vigdis sans prêter la moindre attention à ce qu'il se passait autour d'elle.

Brusquement, Naé bâillonna la bouche de son amie de la main droite et, tandis que des pas étaient audibles juste au-dessus de leur tête, il lui murmura à l'oreille, lui glaçant les os :

"Nous ne sommes pas seuls".

Chapitre numéro six :

3-5-7-2-5-5-3-7-9-3

Les pas se firent à nouveau entendre dans les escaliers et, alors que ceux-ci se dirigeaient tout droit dans leur direction. Vigdis sentit son cœur s'accélérer dans sa poitrine au contact de la grande main de Naé qui pressait sa bouche avec force.

– Je vais te lâcher, l'informa-t-il afin de la rassurer en la libérant.

Dans le silence le plus total, Naé, armé d'une règle métallique qui trônait sur le bureau situé au centre de la salle des archives, se plaça face à la porte.

– C'est sûrement un garde. Il a dû nous surprendre lorsque nous sommes arrivés, murmura Gotyé.

– Si c'était le cas, il aurait alerté toute la cavalerie, réfléchis ! lui rétorqua Vigdis, paniquée.

– Taisez-vous tous les deux ! les commanda Naé d'une voix étranglée, le regard fixé sur l'entrée de la pièce.

Le bruit s'approcha encore davantage et les trois amis cessèrent de respirer, attendant avec angoisse que l'inconnu les découvre. La poignée trembla, la porte s'ouvrit brutalement et, alors que Naé s'apprêtait à frapper l'intrus, il parvint à retenir son attaque à temps et s'étonna :

– Coralis ?!? Que fais-tu ici ?

La jeune femme se jeta dans les bras du jeune homme et l'embrassa chaleureusement sur la bouche.

– Bon sang, mais qu'est-ce qu'elle fait là ? s'énerva Vigdis, dissimulant très mal la jalousie qu'elle éprouvait concernant cette fille aux airs de poupée que fréquentait Naé depuis plusieurs mois.

– À ton avis... ça me semble plutôt clair, renchérit Gotyé en jetant un regard de mécontentement à son frère aîné qui, embarrassé, s'inquiéta auprès de sa petite amie.

– Tu vas bien, au moins ?

– Je suis passée voir Nanie et elle m'a informée que vous étiez partis tous les trois vers le nord et j'ai suivi votre piste.

– Parce qu'elle se rend chez Nanie, maintenant ? vomit leur amie, vexée que Naé ait présenté sa grand-mère à cette jeune fille.

– J'espère qu'elle n'a pas été suivie, se plaignit Gotyé.

– Il ne manquerait plus que ça, ajouta la jeune femme aux cheveux bruns.

– Vigdis ! la réprimanda son aîné en prenant la main de Coralis.

– Comme tu veux, mais tu dois admettre que j'avais raison de dire que cette fille était une vraie catastrophe.

– Hé, je te signale que je peux t'entendre ! s'offusqua cette dernière.

– Tant mieux, au moins, je n'aurai pas à le répéter, lui rétorqua-t-elle, vénéneuse.

— Ça suffit, s'énerva son ami qui avait resserré sa prise autour de Coralis, voyant que son cadet se ralliait à l'avis de Vigdis.

Soudain, des bruits se firent entendre à l'étage et, alors que tous avaient cessé de bouger, la modératrice de #Rebels murmura, provocatrice :

— Cette fille est une CA-TA-STRO-PHE.

— Vite, sortons d'ici, les commanda Naé en quittant la pièce, suivi de près par ses compagnons et se dirigeant vers la sortie de secours à l'arrière du bâtiment.

Ils ouvrirent une porte coulissante au fond du local dans lequel ils s'étaient engouffrés et arrivèrent, au pas de course dans la deuxième allée vers la gauche, avant de prendre la première sur la droite.

Après quelques mètres, ils trouvèrent une trappe métallique disposant d'un clavier numérique pour l'ouvrir. Il s'agissait de leur seule porte de sortie et Gotyé déclara :

— Il faut introduire un mot de passe.

— Prends ta liste de codes, commanda Naé, toujours armé de sa règle métallique, à Vigdis qui posa ses dossiers et sortit la liste en question.

— Dépêche-toi, s'impatienta le cadet dont les nerfs s'apprêtaient à lâcher en percevant les bruits approcher dans leur direction.

— Vite, vite, ils seront là d'une minute à l'autre, la pressa Naé sans se départir de sa concentration.

– Et si on appuie sur ce bouton ? les interrogea Coralis.

– Non ! s'écrièrent Gotyé et Naé d'une voix.

– Oups ! s'exclama la jeune fille aux cils interminables en déclenchant maladroitement l'alarme de sécurité qui résonnait déjà dans tout le bâtiment.

– Bravo, idiote ! s'emporta le plus jeune. Il faut faire demi-tour et sortir d'ici à toute vitesse !

– On n'a plus le temps ! Les gardes vont arriver d'un instant à l'autre à l'autre ! Ouvre la trappe ! Maintenant, vite ! ordonna Naé à son amie.

– Il me faut le bon code ! s'énerva celle-ci, sous tension, en commençant à lui réciter le premier code sur sa liste. Essaie 3-5-6-9-1-4-3-8-1.

– Code erroné, l'informa Gotyé. Il ne reste que deux essais.

– Deux seulement ?! s'étonna Vigdis en regardant les dix codes qu'elle avait sous les yeux.

– Vite ! les prévint Naé en entendant les pas des gardes se rapprocher et en apercevant la lumière de leur lampe-torche.

– Essaie le troisième : 4-2-8-9-4-3-5-6-6-8.

– Encore incorrect ! renchérit Gotyé qui cédait à la panique. Il ne nous reste plus qu'une tentative !

– Calme-toi, tenta de la rassurer Naé en posant une main sur son épaule. Regarde... Les touches 3, 5 et 7 semblent usées.

Vigdis prit une profonde inspiration avant de se replonger dans les documents et finit par s'écrier :

— Essaie celui-là, c'est le seul qui comporte le chiffre sept :
3-5-7-2-5-5-3-7-9-3 !

Le cadet encoda celui-ci et la trappe s'entrouvrit, leur
permettant de s'y engouffrer alors que les deux gardes les
prenaient pour cible, vidant leurs chargeurs dans leur direction.

Les résistants refermèrent derrière eux la trappe en métal,
priant pour que les gardes ne soient pas, eux aussi, en possession
du code.

— Ça va, tout le monde est entier ? questionna à haute voix
Gotyé.

Naé fouilla dans la poche de son pantalon large de couleur
kaki et en sortit un briquet. Immédiatement, une flamme éclaira
davantage le long tunnel dans lequel ils se trouvaient et il
découvrit avec horreur que Vigdis avait été touchée à la cuisse par
un des éclats de balle lors de la fusillade à laquelle ils avaient
échappé de justesse.

— Oh mon Dieu ! s'épouvanta-t-il, horrifié que quelque
chose puisse lui arriver.

— Je vais bien, la rassura-t-elle en compressant la blessure
due à l'effleurement de la balle, mais qui, heureusement, ne
semblait pas particulièrement inquiétante.

— Tu es certaine que ça va aller ? le questionna le plus jeune
des deux frères, terrifié.

— Ne t'en fais pas. Ça fait un mal de chien, mais ce n'est rien
de grave, les rassura derechef la jeune femme qui tenait toujours
fermement ses dossiers.

– Tu peux marcher ? s'enquit Coralis, impatiente de quitter ce souterrain.

– Tu veux bien lui laisser cinq minutes ? s'énerva Gotyé. Elle vient de se faire tirer dessus, pour l'amour du ciel !

– Gotyé, le réprimanda Naé en lui donnant la règle métallique avant de s'approcher de la blessée.

Attentionné et surtout inquiet, il dégagea une mèche de cheveux de son visage et l'informa, protecteur :

– Je vais te porter.

– Ça va aller, lui assura Vigdis qui mordait sa lèvre inférieure pour supporter la douleur.

– Ne dis pas n'importe quoi, l'interrompit le plus âgé en la soulevant telle une poupée. Allez, on y va, décréta-t-il en prenant naturellement la tête du groupe.

À présent, pris au piège dans l'étroit passage, ils n'avaient d'autre choix que celui d'avancer et de s'enfoncer dans la noirceur de cette galerie, ignorant les terribles secrets que celle-ci pouvait bien renfermer.

Chapitre numéro sept :

L'entraînement.

À la fin de ce type d'entraînement, Aldon pouvait sentir une fatigue terrassante l'envahir. Ses muscles ne répondaient plus normalement aux informations nerveuses qu'ils recevaient, tressaillant, se tendant et se contractant de manière involontaire.

Quand il atteignait ce stade, il savait qu'il lui fallait interrompre sa séance d'entraînement, car la mauvaise réponse musculaire et le mauvais retour des informations nerveuses risquaient de conduire à une blessure qui pouvait s'avérer grave, telle une déchirure musculaire et ça, vu sa position au sein du GISAR, il ne pouvait pas se le permettre.

Malgré un désir vital de dépenser toute l'énergie qu'il avait en lui, il avait appris à se modérer. Il savait que, dans un processus d'entraînement, la période de repos était aussi importante que la période d'effort.

Tout bon soldat connaissait l'importance de l'effet de surcompensation qui n'apparaissait qu'à l'issue d'une bonne phase de récupération. Il était donc essentiel d'optimiser au maximum les temps de repos.

Désormais, Aldon était à la tête de sa propre unité et c'était sa responsabilité de s'assurer que ses hommes et lui-même soient au meilleur de leur forme, surtout compte tenu des divisions internes et de la compétitivité extrême qui régnait entre les trois sections d'élite.

La ruche, siège principal du GISAR (groupe d'intervention spécial anti-résistants), lieu d'entraînement et de vie des soldats de cette brigade, offrait des installations idéales pour ce type d'entraînement et un programme poussé de récupération.

Aldon quitta la salle de boxe dans laquelle il venait de passer trois heures de sport intense et se dirigea vers les vestiaires où, rapidement, il enleva son t-shirt, son short et son boxer qu'il laissa tomber à ses pieds. Son corps luisant aux muscles saillants dégageait un halo de chaleur.

Après avoir essuyé son visage angélique d'une serviette épaisse, il pénétra, entièrement nu, dans le sauna adjacent. La première étape après la séance de sport était de rechercher la chaleur en priorité, car durant la période post-hyperthermique, l'organisme était plus sensible aux refroidissements. Une salle de douches était également mise à disposition des soldats mais le sauna, avec ses bancs, permettait une détente plus importante des jambes. Aldon y restait toujours au maximum un quart d'heure avant de pénétrer dans une pièce voisine permettant d'asperger ses jambes d'un jet d'eau froide, donnant un coup de fouet à la circulation du sang. Il se doucha ensuite rapidement et se sécha grossièrement avant de pénétrer, toujours entièrement nu, dans la salle de massage qui jouxtait les différentes pièces d'eau.

En silence, Aldon s'installa dans le fauteuil qui trônait au centre de la pièce, se couvrit les parties intimes à l'aide d'une serviette de bain blanche et sourit à une jeune femme d'une petite trentaine d'années, vêtue d'un tablier gris, qui se chauffa les mains avant de les poser sur la peau bouillante du jeune homme.

Après un effort physique important, les massages étaient une étape indispensable de la récupération. Ils détendaient les muscles, éliminant de cette manière les toxines présentes dans ceux-ci et supprimaient les tensions et contractures. De plus, ils permettaient à l'organisme de recouvrer ses capacités plus rapidement, d'aider la musculature à retrouver sa souplesse initiale et d'éviter les courbatures. Le muscle du sportif étant un organe fragile, les manœuvres devaient être douces, surtout après un effort. Une équipe de professionnels était chargée de dispenser ces soins, car, dans ce domaine, tout geste violent pouvait entraîner la destruction ou la rupture des fibres collagènes dans les tendons et une dégradation des protéines musculaires.

Les massages étaient alors orientés de l'extrémité vers la racine du membre, toujours en aidant la circulation veineuse à retourner vers le cœur, dans le but de favoriser le flux sanguin et d'optimiser la récupération.

Chaque séance durait au minimum quinze minutes, se concentrant principalement sur les muscles les plus sollicités, quadriceps, fessiers et mollets, mais aussi muscles lombaires, dorsaux et cervicaux.

Une fois le massage terminé, le soldat salua la jeune masseuse d'un signe de tête discret et quitta la pièce, la serviette de bain enroulée autour des hanches.

De retour dans les vestiaires, il se vêtit d'un t-shirt cintré réglementaire de couleur noire et d'un pantalon de sport confortable, enfila une paire de chaussettes courtes et une paire de baskets foncées.

— Dépêche-toi, la sélection va commencer ! l'interpella un des membres de la brigade d'élite à laquelle il appartenait.

La Sélection... Il n'était pas pour.

Il comprenait que le repos ne satisfaisait pas toujours les hommes de la ruche. Bien dormir et une alimentation saine étaient essentiels pour réussir une bonne récupération, mais il fallait également pouvoir se détendre. La Sélection était, selon lui, un moyen barbare pour eux d'avoir de la compagnie, mais c'était un moyen qui convenait à l'État.

Certains ne semblaient pas contraires à l'idée, sans pour autant être transcendés par ce concept, mais il ne se voilait pas la face, la majorité des membres du GISAR trouvaient en cette Sélection une motivation étonnante qui se répercutait dans leurs entraînements et, avant tout, dans la qualité de leurs interventions.

— J'arrive, lui rétorqua Aldon en terminant de ranger ses vêtements de sport dans son casier.

Chapitre numéro huit :

Mon binôme est...

Quand Pyros rejoignit ses coéquipiers, il fut surpris de ne pas y trouver le troisième chef de section et demanda, surpris, à son voisin, Nadar, qui gérait de main de maître la seconde section :

– Où est Aldon ?

– Un des gars m'a informé qu'il allait arriver.

– J'ignorais qu'il était en mission ce matin, s'offusqua Pyros, visiblement jaloux.

– Oui, lui et son équipe devaient nettoyer le périmètre sud.

– Pourquoi ne m'en as-tu pas chargé ? insista le chef de groupe.

– Je t'ai confié les deux précédentes missions et dois-je te rappeler que l'une d'entre elles a été un vrai fiasco ?

En entendant ces mots, Pyros serra si fort la mâchoire que Nadar crut entendre ses dents grincer.

– Mais là, que fait-il ? Toute son équipe est présente, renchérit-il, bien décidé à ne pas laisser tomber.

– Il s'entraînait, l'informa Nadar.

— Pardon ? s'énerva Pyros. Tu es en train de me dire que tous nos hommes attendent que monsieur se décide à arriver parce qu'il a mal calculé son temps d'entraînement ?!

Le chef de la seconde section acquiesça sans se départir de l'expression sérieuse qui lui était si caractéristique.

— Et tu trouves ça normal ? s'étonna Pyros qui n'en démordait pas.

— Je sais que c'est tendu entre vos deux équipes en ce moment, mais remuer le couteau dans la plaie n'arrangera rien.

— Cela n'a rien à voir avec nos différends, lui assura Pyros toujours aussi énervé. Je sais seulement que s'il avait été question du retard d'un membre d'un groupe et non d'un chef de cellule, nous ne l'aurions jamais attendu.

Nadar ne répondit pas. Toutefois, il devait admettre que son jugement n'était pas objectif.

— En plus, tu sais qu'il n'aime pas les sélections, renchérit l'autre chef d'équipe.

— Tu as raison, reconnut Nadar. Mais, quoi qu'il en soit, il ne va pas être content, le mit en garde le chef de la seconde section en informant l'un de ses hommes par un signe de tête qu'il pouvait faire entrer les candidates sélectionnées.

— Pour changer..., ironisa Pyros en haussant les sourcils.

À cet instant, la vingtaine de jeunes femmes présélectionnées apparurent en file indienne dans la salle principale. Elles avancèrent en rang, stoppèrent quelques mètres plus loin et firent face aux onze des douze hommes, membres du groupe restreint assez chanceux pour avoir droit à ce privilège.

Comme par réflexe, Pyros inspecta une à une les différentes participantes. Mais, après avoir échangé un regard amical avec Myras, la régulière de Lucius, un de ses soldats, il découvrit la candidate numéro treize et fut agréablement surpris par la présence de cette jeune femme qui ne ressemblait à aucune des participantes que le GISAR accueillait habituellement.

Nadar fit un pas en avant et informa les régulières de rejoindre leur binôme. Les candidates trois, sept et douze rejoignirent leur moitié et le visage d'Enora se fendit d'un sourire léger lorsque Lucius accueillit chaleureusement Myras dans ses bras.

– Il est temps pour les autres de piocher un des papiers que je vous propose. Sur ceux-ci, vous trouverez le nom de votre binôme attitré. S'il n'est rien inscrit sur votre papier, cela signifie que vous devez quitter les lieux immédiatement après la fin de cette dernière épreuve de sélection.

Nadar, le chef de la seconde section, passa auprès de chacune des candidates qui piochèrent, les unes après les autres, un bout de papier.

Myras, que les bras de son bien-aimé emprisonnaient avec force, observa, avec un mélange d'attention et d'appréhension, Enora découvrir le nom de son binôme.

À la lecture du nom, la novice leva le regard vers sa nouvelle amie.

Nadar fit savoir à la première candidate qu'elle pouvait faire part du nom qui se trouvait sur son papier et elle s'exécuta :

— Pyros, lui annonça-t-elle en souriant, coquine et heureuse de sa pioche.

Sur le coup, le jeune homme fut peiné de ne pas avoir obtenu la candidate numéro treize. Plus attristé que ce qu'il aurait cru...

— Aucun nom pour moi, enchaîna la seconde présélectionnée.

Pyros échangea un regard avec Enora qui ne soutint pas le contact visuel et se contenta de regarder en direction de Myras et Lucius.

Les participantes continuèrent à énoncer les noms de leur binôme. Vint ensuite le tour de la dixième sélectionnée qui informa la foule qu'elle n'avait aucun nom sur son papier, puis la onzième annonça que son binôme n'était autre que Hoelar.

La douzième étant Myras, qui avait déjà rejoint Lucius, c'était au tour d'Enora de révéler l'identité de son binôme. Pyros retint son souffle comme s'il était encore possible qu'il s'agisse de lui alors qu'il était évident que seul un autre soldat pouvait être cité. Il attendit en silence qu'elle cite le nom du chanceux avec qui elle allait passer les sept prochains jours.

Quel homme de la ruche aurait cette chance ? se demanda-t-il. En apercevant Aldon rejoindre le groupe des partenaires potentiels, il souhaita secrètement que son nom ne soit pas celui qu'elle avait pioché.

D'un pas soutenu, Aldon rejoignit ses coéquipiers et, après les avoir salués d'un signe de tête, il échangea quelques mots avec Hoelar, un de ses hommes, afin de s'excuser pour son retard. Mais alors qu'Hoelar lui montrait à distance son binôme, Aldon croisa le regard de la treizième candidate qui devait encore révéler l'identité du partenaire qui lui avait été attribué suite au tirage au sort et crut avoir une vision.

"Nora..." murmura-t-il pour lui-même, sous le choc.

Le jeune homme, qui semblait tout aussi surpris qu'elle, croisa le regard de la jumelle de son ancienne petite amie, portée disparue, Althéa.

En remarquant la présence d'Aldon, Enora détourna le regard, humidifia ses lèvres et, la voix tremblante, elle informa les soldats présents :

— Mon binôme est Nadar.

Envahi par une vague de rage, Aldon aurait voulu la saisir par les épaules et la secouer violemment jusqu'à ce qu'elle retrouve ses esprits. Mais peu importe les raisons de sa présence, elle faisait désormais partie des candidates et elle allait passer les sept prochains jours dans la ruche.

Enora sentit son pouls s'accélérer dans ses tempes en entendant en bruit de fond les sept candidates restantes énoncer les noms de leur binôme ou l'absence de nom sur leurs papiers.

Nadar... Myras l'avait mise en garde contre lui. Elle ignorait pourquoi mais, à cet instant précis, elle aurait préféré ne jamais avoir à le découvrir.

Ses jambes tremblèrent, trahissant son état de panique qu'elle tentait malgré tout de garder secret.

"Quelle idiote ! Tu n'aurais jamais dû venir ici, tu n'es pas assez forte ! Tu n'es pas Althéa !" se réprimanda la jeune femme dont le teint devenait livide. Elle avait eu tort de venir dans la ruche et elle pouvait le lire dans les yeux de Myras, elle était tout sauf chanceuse.

Les dernières candidates récitèrent à leur tour les noms inscrits sur leurs petits papiers.

Aldon passa sa main sur sa barbe naissante tandis que son cerveau carburait à cent à l'heure en remarquant que Nadar s'approchait d'Enora.

— Apparemment, tu es mon binôme, l'apostropha le chef de section.

Enora hocha doucement la tête en tentant de ne pas se décomposer.

— Je suis chanceux, s'exclama-t-il, satisfait du résultat obtenu lors du tirage au sort, en frôlant la joue de la jeune femme de sa main calleuse.

Soudain, Nadar sentit une grande main se poser sur son épaule, le saisissant avec force au niveau de la clavicule. Il la dégagea sur-le-champ et découvrit le chef de la première section, Pyros. Ayant remarqué l'attirance que la candidate numéro treize semblait provoquer chez Aldon, son concurrent direct, Pyros, désirait négocier sa partenaire contre la jeune femme, le tout accompagné d'une compensation.

— Alors, comme ça, on essaie de me voler mon binôme ? s'étonna Nadar en remarquant que Pyros désirait lui faire une offre pour son binôme. Combien ?

— Je te propose d'échanger ton binôme contre ma partenaire plus cent crédits.

Enora ignorait ce qu'étaient des crédits, mais devina que cela avait une valeur conséquente au sein de la ruche à en juger par les chuchotements des autres soldats présents autour d'eux.

– Je t'en propose deux cents en plus de ma partenaire, ajouta Aldon.

Nadar sourit, flatté par les deux offres reçues, et s'approcha lentement de la participante. Il se plaça dans le dos d'Enora dont la respiration s'accéléra soudainement.

– À peine arrivée, tu fais des ravages... Deux cents crédits... Tu crois que tu les vaux ? la questionna-t-il en caressant l'avant-bras dénudé de la jeune participante.

– Je t'en donne deux cent cinquante, l'interpella Aldon qui avait d'énormes difficultés à dissimuler sa rage.

– Je t'en donne deux cent cinquante également, renchérit Pyros, dont le but principal était de battre Aldon à son propre jeu.

– On dirait que tu as plusieurs admirateurs. Alors, préfères-tu Pyros ou Aldon..., chuchota Nadar au creux de l'oreille de la candidate qui frissonna au contact de son souffle chaud et humide sur sa peau lisse. À moins que je te garde pour moi, ajouta son binôme. Je crois que tu vaux bien plus que ça...

Aldon croisa le regard d'Enora, suppliant et paniqué, et il s'écria :

– Je t'en donne 400.

– 400 !?! s'écria un soldat dans la foule.

— Tu me proposes quatre cents crédits en plus de ta partenaire contre mon binôme ? s'assura Nadar, époustouflé par la somme évoquée par son coéquipier.

— Tu m'as bien entendu. Si ça t'intéresse, tu auras quatre cents crédits demain. Tu as cinq secondes pour me dire si tu acceptes ou pas, car je ne veux pas davantage perdre mon temps, le prévint Aldon. Cinq... Quatre...

— Bien sûr que j'accepte ! s'exclama Nadar en souriant, heureux d'avoir gagné aussi facilement une quantité astronomique de crédits. Aldon relâcha l'air qu'il retenait en soupirant bruyamment et, sans prendre la peine de jeter un coup d'œil à la jeune femme qui serait désormais son binôme pour les sept prochains jours, il la commanda, paternel, en la saisissant brutalement par le bras :

— Viens et surtout, tais-toi.

Chapitre numéro neuf :

Nora

Au sein de la ruche, tous les soldats partageaient de gigantesques dortoirs, tous excepté les douze membres principaux du GISAR, ceux qui avaient le droit de bénéficier du programme de sélection. Ceux-là avaient le privilège d'avoir leurs quartiers personnels appelés les "huttes". Chacune d'elles se composait d'une première partie où le mobilier réglementaire se limitait à une table, deux chaises, deux fauteuils (l'un d'une personne et l'autre pouvant en accueillir deux) et un coffre en métal. Les deux parties de la hutte n'étaient pas séparées par une porte et chacun des douze membres avait la possibilité de les délimiter à l'aide, par exemple, d'un drap comme Aldon l'avait fait. En réalité, cette seconde partie était la chambre à coucher dans sa plus sommaire description : un lit, une armoire et un second coffre métallique de taille réduite.

Dès l'instant où ils entrèrent dans la hutte d'Aldon, celui-ci libéra son binôme de sa prise qui laissa une marque rougeâtre sur son bras. Désorientée, Enora inspecta les lieux d'un rapide coup d'œil tandis que son partenaire, furieux, effectuait de petits cercles dans la première pièce. La jeune femme se concentra ensuite sur l'homme qui avait aimé sa sœur disparue pendant près de deux ans et se raidit quand les deux iris sombres et rageurs du soldat se fixèrent sur elle.

— Mais que fais-tu ici ? lui demanda-t-elle, perdue.

– C'est à toi que je dois poser cette question ! lui rétorqua-t-il, agressif. Tu réalises ce que signifie d'être une "candidate" ?! As-tu la moindre idée de ce qui aurait pu se passer si je n'étais pas parvenu à convaincre Nadar !?!

– Tu n'as pas le droit de me juger, objecta-t-elle, le visage fermé.

– C'est donc vraiment ce que tu veux... devenir un objet !?! s'emporta-t-il à nouveau.

La jeune femme siffla, mécontente, tandis qu'il la questionnait, circonspect :

– Pourquoi es-tu ici ?

Enora devait être prudente. Elle ne devait rien révéler à cet homme, qui n'était que l'ombre de la personne qu'elle avait connue autrefois. Aldon était désormais un des chefs de section du GISAR dont la mission était de lutter contre la résistance dont elle faisait partie.

– Tu ne me feras pas croire que tu es ici seulement dans le but de tenir compagnie aux membres du GISAR, insista le jeune homme en s'approchant d'elle, des flammes dansant dans ses iris sombres.

Enora le contempla un instant. Il était grand, plus grand que dans son souvenir. Son corps fin avait évolué vers une carrure large et musclée. Son visage allongé était toujours parfaitement symétrique et d'une rare perfection. Sa chevelure châtain coupée très court accentuait ce look de soldat que tous les membres du GISAR arboraient avec fierté. Malgré les années, il était resté le jeune homme très séduisant qui, il semblait y avoir une éternité, faisait craquer toutes les filles du quartier.

Aldon prit soudain son visage dans ses mains, l'obligeant à affronter derechef son regard, dur et mystérieux.

— Que fais-tu ici ?

Lorsqu'Aldon était en couple avec sa sœur jumelle, Althéa, Enora et lui s'appréciaient, mais aujourd'hui, elle ne lisait dans ses yeux que ce qui lui semblait n'être qu'un mélange de rage, d'indifférence et de mépris.

L'homme qui avait été son ami n'existait plus. Elle était seule en terrain hostile et son binôme connaissait ses faiblesses. Elle devait se montrer forte et ne baisser sa garde sous aucun prétexte. Elle devait jouer le jeu et, surtout, être crédible.

— Je suis ici pour satisfaire les membres du GISAR. C'est un honneur pour ma famille comme pour toutes celles du pays d'avoir été sélectionnée pour...

— Je refuse de croire que c'est la vérité, la coupa-t-il, furieux. Toute ta famille avait des contacts très fréquents avec les résistants et tu veux me faire croire que cela n'a rien à voir avec ta venue ici ?

Enora sentit ses genoux trembler, mais elle ne se laissa pas démonter et riposta :

— Tu avais également ce type de contact avec les résistants de notre contrée et tu es aujourd'hui un membre respecté du GISAR. Les gens changent.

Il avait immédiatement pensé au fait qu'elle pouvait être liée au mouvement résistant, mais il connaissait la tolérance zéro du mouvement rebelle. Avec la disparition de sa sœur, la famille d'Enora, considérée comme « à risques », avait probablement été écartée de leurs actions. Il tenta alors d'imaginer une seule autre raison plausible de sa venue ici mais n'en trouva aucune.

– Je ne crois pas un mot de ce que tu dis ! s'énerva-t-il en donnant un puissant coup de pied dans le coffre en métal qui trônait à sa gauche, faisant sursauter Enora.

Brusquement, Aldon la fusilla du regard et l'interrogea :

– Si tu es vraiment là pour les raisons que tu viens d'évoquer, cela signifie que tu comptes me satisfaire durant une semaine entière.

Lorsqu'Aldon l'avait "obtenue" au cours de la Sélection, Enora avait pensé qu'étant donné qu'il s'agissait de l'ancien compagnon de sa sœur, il ne l'obligerait pas à faire quoi que ce soit avec lui. Enfin, c'est ce que l'ancien Aldon aurait fait, mais elle ne connaissait pas cet homme qui se trouvait devant elle. Elle devait donc le considérer comme n'importe lequel des hommes de la ruche. Elle devait convaincre ce soldat que l'unique raison de sa présence ici était de le satisfaire.

Parviendrait-elle à faire semblant, durant toute une semaine, aux côtés d'un homme dont le seul fait de croiser le regard l'obligeait à se remémorer la disparition de sa jumelle ? Elle n'avait pas le choix, elle devait y arriver. Enora sortit de ses pensées et s'approcha de son partenaire. Délicatement, elle posa ses doigts sur les avant-bras musclés du jeune homme.

– Évidemment, bluffa la jeune femme en s'approchant encore davantage du jeune homme afin de ne laisser que quelques centimètres entre eux.

– Au cours des sept prochains jours, tu es à moi, décréta Aldon en caressant ses lèvres fiévreuses du pouce.

À ce contact, elle entrouvrit la bouche et, avant qu'elle n'ait eu le temps de s'en rendre compte, il l'emprisonna de ses grands bras, la plaquant avec force contre son torse dur. Comme par réflexe, elle passa ses mains dans ses cheveux en priant pour ne pas se décomposer et griller sa couverture au sein du GISAR. Il resserra sa prise autour de la jeune femme et, presque inaudible, il lui murmura :

– Nora...

Enora sentit son cœur battre à une allure folle dans ses tempes et, alors qu'il s'approchait pour l'embrasser, elle ferma les yeux en priant pour ne pas flancher.

Une seconde puis une deuxième et ensuite une troisième s'écoulèrent sans que ses lèvres ne reçoivent de baiser. Elle ouvrit les yeux et fut parcourue d'un puissant frisson qui la traversa des pieds jusqu'à la tête, en réalisant qu'il la dévisageait, furibond.

Sur-le-champ, Aldon libéra la jeune femme et l'interrogea, une expression de dégoût sur le visage :

– Mais que t'est-il arrivé ?!

Enora sentit une vague de honte la submerger et lui rétorqua en bégayant, perdue :

– J'ai perdu ma... sœur et tout... tout mon monde... s'est écroulé.

– Ce n'est pas une raison pour ne pas se respecter ! s'indigna-t-il.

– Tu n'as pas le droit de me juger, lui reprocha-t-elle derechef. Sa disparition a détruit mes parents... et moi... moi... je n'ai plus eu personne sur qui compter.

– Je...

– Tu n'as jamais répondu aux messages que je t'ai laissés. J'étais seule et j'avais juste besoin de parler à quelqu'un... mais tu n'étais pas là. Ma sœur comptait sur toi. Je comptais sur toi, lui rétorqua-t-elle, la voix brisée. Tu nous as abandonnées toutes les deux.

– Tu as commis une énorme erreur en venant ici, décréta-t-il en s'éloignant de la jeune femme, fou de rage.

– Tu aurais dû me laisser passer la semaine avec Nadar, dit-elle en sanglotant.

– Ne dis pas ça ! la commanda-t-il tandis qu'elle essayait de quitter la hutte.

– Laisse-moi, j'ai besoin d'être seule, s'écria-t-elle alors qu'il tentait de la retenir.

– Ce n'est pas le moment de faire l'enfant, Nora, lui fit-il remarquer tandis qu'elle disparaissait hors de ses quartiers.

Aldon se laissa tomber dans un petit fauteuil en tissu jaune moutarde qui ornait le coin droit de la pièce et prit sa tête dans ses mains en soupirant.

Chapitre numéro dix :

Une proposition

La candidate numéro treize fit quelques pas et se réfugia dans un espace commun, la salle de repos. Hésitante, elle demeura immobile quelques instants afin de s'assurer qu'elle était seule et alla finalement s'installer dans le grand divan moelleux de couleur rouge vif, mis à disposition des résidents.

Rageusement, elle essuya les larmes qui lui avaient échappé, maudissant Aldon et son jugement. Il n'avait nullement le droit de la condamner pour sa présence au sein de la ruche. Heureusement, il y avait au moins un point positif à la situation actuelle, elle avait visiblement convaincu son binôme de sa dévotion au programme de sélection. Le plus important était de mener à bien sa mission et non de plaire à Aldon. Il pouvait bien penser ce qu'il voulait d'elle, elle devait rester concentrée sur son objectif et tout... absolument tout faire pour l'atteindre.

Aujourd'hui, elle était parvenue à être sélectionnée par un membre du GISAR, ce qui lui assurait sept jours dans la ruche. Sept jours qu'elle devait absolument mettre à profit pour trouver les informations nécessaires à #Rebels, les leur communiquer et surtout, parvenir à rester la semaine suivante. Cela allait être tout sauf évident, mais elle devait trouver un moyen.

À sa grande joie, les modérateurs de #Rebels lui avaient assuré qu'un de leurs informateurs prendrait contact avec elle au plus vite afin de lui fournir le matériel nécessaire pour communiquer, dispositif qu'elle devrait dissimuler sous peine d'être arrêtée. Auquel cas les résistants ne pourraient rien pour elle.

— Tu vois, je t'avais dit que tout se passerait bien, la surprit Myras qui s'était approchée de la novice sans émettre le moindre son.

Enora acquiesça en feignant un sourire discret.

— Quelque chose ne va pas ? s'inquiéta sa nouvelle amie en remarquant les yeux rouges de la candidate.

— Non, tout va bien... C'est seulement que tout est tellement différent de chez moi, mentit-elle sur l'origine de son mal-être. Il me faut un peu de temps pour m'y faire.

— Attention, fillette, il te reste moins de sept jours, lui rappela Myras en s'installant à sa droite.

— Sept jours pour faire quoi ? l'interrogea Enora, innocente.

— Pour le rendre dingue de toi, idiote ! la taquina son amie. Tu veux rester, pas vrai ?

— Oui, chuchota la novice jouant nerveusement avec ses cheveux.

— Ah, enfin un peu de bon sens. En tout cas, cela devrait être facile.

— Qu'est-ce qui te fait penser ça ?

— Euh... les quatre cents crédits. QUA-TRE-CENTS-CRE-DITS, je ne sais pas si tu réalises ce que ça représente.

— C'est beaucoup ?

– Évidemment, pouffa Myras en manquant de s'étrangler. Les crédits sont la monnaie interne de la ruche. Grâce à eux, tu peux obtenir un tas de trucs... même des trucs interdits comme de la lingerie fine, ajouta-t-elle en baissant de deux tons le volume de sa voix. D'ailleurs, si tu en veux, je crois que je dois avoir quelque chose de sympa dans mes tiroirs.

– Tu as des tiroirs ? s'esclaffa la novice, amusée.

– Je viens de te le dire, les crédits te donnent accès à des tas de choses. Bon, sur ce, je vais aller prendre soin de mon Lucius, je ne voudrais pas qu'il s'ennuie et tu devrais faire de même pour Aldon, il paraît que c'est un sacré étalon.

Enora hocha la tête sagement tandis que son amie l'abandonnait, seule, dans la salle de repos.

Quelques secondes à peine s'étaient écoulées lorsque la jeune perçut une voix masculine dans son dos.

– Elle a raison. Quatre cents crédits, c'est une somme astronomique. Il devait vraiment avoir envie de t'avoir comme binôme.

Enora demeura silencieuse alors que Pyros s'approchait d'elle.

– Et pourtant, tu es ici au lieu d'être avec lui, remarqua le chef de la première section tandis qu'il venait s'installer à côté d'elle dans le canapé.

– Toi non plus, tu n'es pas avec ton binôme, lui signala-t-elle, tendue.

– Je suis déçue par ma partenaire, car c'est toi que je voulais, répliqua-t-il avec assurance.

Enora baissa les yeux, gênée par les dires de Pyros qui la contemplait sans la moindre discrétion.

– Je devrais retourner près..., voulut se libérer la jeune femme dont le regard s'était, malgré elle, perdu dans celui du militaire.

Précédemment, elle n'avait pas pris le temps de vraiment le regarder tant elle avait été surprise par la présence d'Aldon au sein de la ruche mais, à présent qu'elle avait le temps de l'observer, elle devait admettre qu'il était un bel homme.

De courts cheveux blonds cendrés encadraient le visage carré du soldat dont les yeux couleur ambre ne semblaient pas vouloir quitter ceux d'Enora.

Charmeur, Pyros lui sourit en approchant encore davantage son corps svelte.

– Peut-être que tu regrettes déjà d'avoir Aldon comme binôme ?

Enora prit plusieurs secondes avant de lui répondre, peu convaincante :

– Je suis très heureuse d'avoir été choisie par lui.

– Ou pas. Je pense qu'il te reste quelques jours pour décider si oui ou non tu désires rester avec lui.

– Rester ? s'étonna-t-elle.

– À la fin de la semaine, lors de la prochaine sélection, je te proposerai de devenir mon binôme, l'informa Pyros, qui dégageait quelque chose de magnétique.

Enora déglutit bruyamment, surprise par la proposition qui venait de lui être faite et remarqua soudain la proximité qu'il y avait entre eux. Le jeune homme approcha sa main de son visage et la plaça alors sous son menton qu'il redressa doucement.

– Je sais que tu viens d'arriver et que ça fait beaucoup de changements d'un coup, mais penses-y, lui confia-t-il, la voix enrouée par l'excitation naissante que provoquaient ces effleurements.

Pyros s'approcha davantage et déposa un baiser sur la joue de la jeune femme qui, tremblante, ferma les yeux au contact de sa bouche sur sa peau lisse et claire.

– Je dois y aller, l'informa-t-elle.

– Reste encore un peu, la supplia-t-il dans un murmure.

– Je dois vraiment y aller.

– Tu vas réfléchir à ma proposition, n'est-ce pas ? murmura-t-il en effleurant à nouveau sa joue de ses lèvres avides.

– Oui, parvient-elle à articuler avec difficulté tandis qu'il se penchait vers elle et déposait un baiser sur sa tempe.

– À plus tard dans ce cas, lui promit-il en l'observant quitter la pièce.

Enora devait se faire une raison. Elle n'avait aucun endroit où se réfugier afin d'être un peu seule. Comme sa mère le lui avait assez répété, elle devait s'endurcir et contrôler davantage ses émotions.

Elle était une candidate et, aux yeux de tous les soldats, elle était une sucrerie servie sur un plateau d'argent. Elle allait être désirée et allait devoir séduire.

Elle devait jouer au mieux ses cartes afin de ne pas perdre la partie.

Mais, premièrement, elle devait faire face à Aldon et trouver un moyen de cohabiter avec lui, au moins lors des sept prochains jours.

Elle devait au moins ça à Althéa.

Chapitre numéro onze :

Mais ?

Naé avançait d'un pas rapide dans les couloirs sombres en pierre. Précédé par son frère cadet et sa petite amie, il les suivait de près. Vigdis, dont l'état ne s'était pas amélioré, était toujours blottie dans ses bras puissants. Malgré la fatigue, Naé gardait une bonne prise autour de la jeune femme afin d'éviter tout mouvement à sa jambe blessée.

Remarquant que le front de son amie était perlé de sueur, il s'inquiéta :

— Tu vas bien ?

Elle acquiesça légèrement en resserrant ses bras autour du cou du jeune homme.

Naé n'était pas dupe, son amie souffrait et, si elle demeurait silencieuse, c'était uniquement pour lui éviter de s'inquiéter.

Il fit quelques pas supplémentaires et remarqua qu'elle tremblait.

— Vigdis, tu es sûre que ça va ?

Cette fois, la jeune femme n'arriva pas à dissimuler sa souffrance et lui chuchota, tremblante :

— Je voudrais qu'on fasse une pause.

— D'accord, tu vas rester ici avec Coralis pendant que je vais continuer à chercher une sortie avec Gotyé, décida-t-il, alors qu'il arrivait à un autre carrefour, leur laissant trois directions possibles.

– Je ne veux pas que tu me laisses, murmura-t-elle au creux de son oreille. Reste près de moi.

– Vigdis, je ne...

– S'il te plaît, le supplia-t-elle dans un autre terrible frisson.

– Comme tu veux, lui concéda-t-il, sous le regard jaloux de sa petite amie. Gotyé et Coralis, vous allez continuer à examiner ces tunnels. Si vous n'avez rien trouvé après quinze minutes, revenez.

– Pas de problème, lui répondit son cadet tandis que Coralis sifflait, mécontente, en disparaissant aux côtés de Gotyé dans le tunnel qui se trouvait face à eux.

Avec précaution, Naé installa la jeune blessée au sol et retira son sweat-shirt qu'il lui tendit, attentionné :

– Mets ça. Ça va te tenir chaud.

– Tu n'es pas obligé de te montrer aussi gentil avec moi, l'avertit Vigdis en enfilant le pull.

– Évidemment que je me dois d'être gentil avec toi, tu es mon amie. Je dois veiller sur toi, la contredit-il, s'en voulant de ne pas être parvenu à protéger la jeune femme.

– Allonge-toi, lui intima-t-il ensuite, en l'aidant à se placer sur le dos. Je dois examiner ta blessure.

Vigdis s'exécuta sagement et une plainte douloureuse lui échappa lorsqu'elle s'installa dans cette position.

— Comme ça, je ne vois rien, se plaignit l'aîné. Je vais t'enlever ton pantalon, l'avertit Naé d'une voix professionnelle.

Vigdis voulut enlever son habit, mais le jeune homme l'en empêcha.

— Je vais le faire.

Avant même qu'elle n'ait pu dire quoi que ce soit, il posa ses mains sur le bas-ventre de son amie qui cessa de respirer. Faisant parfaitement abstraction de la douleur, Vigdis ne pouvait plus se concentrer sur autre chose que sur les mains habiles du jeune homme qui commençaient à déboutonner les quatre pressions de son jeans.

Premier bouton, Vigdis reprit une respiration normale.

Second bouton, les battements de son cœur s'accélérèrent.

Troisième bouton, elle entendit Naé déglutir bruyamment, gêné par la proximité de leurs corps inassouvis.

Quatrième bouton, les doigts du jeune homme frôlèrent les sous-vêtements de la jeune femme qui, soulevant son postérieur, l'aida à baisser son pantalon jusqu'aux chevilles.

— Ça va ? s'assura-t-il lorsqu'elle geignit douloureusement.

Elle acquiesça, la gorge sèche, alors qu'il examinait sa blessure.

— C'est quand même plus profond que ce que j'imaginais, lui confia-t-il en posant ses paumes froides sur sa cuisse meurtrie.

— Ça fait du bien, lui avoua-t-elle, le froid me soulage un peu.

Il lui sourit.

– Tu ne peux pas rester comme ça. Nous devons trouver un moyen de sortir de ce trou.

Elle frissonna.

– Attends, je vais t'aider à te relever pour remettre ton pantalon.

Avec son aide, elle se redressa et, en prenant appui sur sa bonne jambe, elle parvint à se maintenir debout tandis que Naé s'agenouillait à ses pieds, son visage au niveau de son ventre.

– Je vais y aller progressivement, l'informa-t-il en remontant avec lenteur le jeans le long de ses mollets fins.

Dans cette position, Naé avait du mal à se concentrer. Ses doigts frôlaient la peau lisse de la jeune femme qu'il connaissait depuis toujours. Il essaya de réfléchir à un plan pour sortir de cet enfer vivant, en vain.

– Oh mon Dieu, grogna Vigdis, accablée par la douleur lancinante qui envahissait sa cuisse alors qu'il remontait le jeans sur sa blessure.

Elle vacilla et il l'encouragea :

– Tiens bon, Vigdis, j'ai bientôt fini.

La jeune femme, dont les yeux étaient clos par la douleur, plongea une de ses mains dans la courte chevelure blonde de Naé. L'aîné continua de rhabiller son amie. Remontant son pantalon au niveau de sa croupe, il sentit la prise de la jeune femme se resserrer dans ses cheveux. À cet instant, il ne voulait plus trouver un moyen de quitter cet endroit, il désirait uniquement que ce moment, cette minute, ne se termine jamais.

— Voilà, dit-il en reboutonnant son pantalon, puis il se dressa à son tour.

— Je suis désolée, chuchota-t-elle pour elle-même en chancelant.

— Appuie-toi sur mon épaule, lui conseilla-t-il en posant ses mains sur ses hanches pour la soutenir davantage. Tu n'as aucune raison de t'excuser.

Elle le remercia d'un regard reconnaissant et l'atmosphère déjà tendue s'intensifia encore.

— Tu veux t'asseoir un peu ? lui proposa-t-il en plongeant son regard dans le sien.

Chamboulée par toutes les sensations que le jeune homme provoquait en elle, Vigdis humidifia ses lèvres après avoir passé une de ses mèches rebelles derrière son oreille et, prenant son courage à deux mains, elle l'embrassa.

Après des années passées à fantasmer sur ce moment, elle goûtait enfin aux lèvres de Naé. Douces et chaudes, elles avaient un petit goût sucré dont elle raffola immédiatement. Sur le moment, elle fut tout aussi surprise que le jeune homme lui rende son baiser, pressant avec avidité sa bouche contre la sienne. Les mains calleuses et puissantes de son ami se posèrent sur sa nuque, intensifiant leur étreinte. Le souffle coupé, Vigdis refusait de reprendre sa respiration. Elle se concentrait uniquement sur ce baiser qui allumait un brasier en elle, faisant abstraction totale de la douleur provoquée par sa blessure.

Elle ne voulait plus jamais être séparée de l'homme qu'elle aimait depuis toujours. Elle voulait l'embrasser, le toucher, l'aimer et surtout, elle voulait lui appartenir... lui appartenir entièrement.

Ses pensées furent soudain interrompues lorsque le jeune homme se libéra de leur étreinte, reculant d'un pas en s'excusant :

— Je suis désolé. Je tiens à toi...

— Mais ? coupa Vigdis, désabusée.

— Je tiens à toi comme une petite sœur, se justifia-t-il.

— Cela ne ressemblait pas à la manière dont un frère embrasse sa sœur, répliqua-t-elle, désorientée.

— Vigdis, je ne veux pas être avec toi... Qui plus est, j'ai déjà quelqu'un dans ma vie.

— Coralis, vraiment ?! s'offusqua la jeune femme.

— J'ai eu tort de me laisser aller, cela n'arrivera plus, lui promit-il, lui arrachant des larmes qu'elle tenta en vain de dissimuler.

En voyant la peine dans le regard de son amie, le jeune homme voulut la réconforter, mais elle s'éloigna en boitant. Elle ne voulait plus qu'il l'aide. Elle voulait qu'il la laisse seule pour pleurer son chagrin et ramasser les petits morceaux de son cœur brisé.

— Vigdis...

— Tu viens de me briser le cœur et je n'arrive même pas à t'en vouloir, dit-elle dans un murmure, les yeux embués. Qu'est-ce qui ne tourne pas rond chez moi ?

— Viens là, lui ordonna-t-il d'une voix douce en la prenant dans ses bras.

Naé aurait souhaité ne pas la faire souffrir. Il tenait tant à elle, c'est la dernière chose qu'il souhaitait, mais elle devait rester loin de lui et de sa vie médiocre.

Elle était Black_Unicorn, LA modératrice et l'auteure des articles de #Rebels. À elle seule, elle était LA résistance. Vigdis était extraordinaire alors qu'il était médiocre. Elle méritait tellement mieux que lui. Il n'avait pas le droit de faire primer ses sentiments, c'était à elle qu'il devait penser. Elle n'était pas faite pour lui. Il ne la méritait pas.

Brusquement, un cri terrifiant leur parvint et elle s'arracha au cocon confortable et rassurant que formaient les bras puissants de son ami.

– Vas-y, l'autorisa-t-elle, et il disparut dans l'interminable tunnel dans lequel Gotyé et Coralis s'étaient engouffrés quelques minutes plus tôt.

Perdue et désormais seule, Vigdis avança autant que possible vers l'entrée du tunnel et tendit l'oreille, terrifiée. Elle perçut soudain des bruits sourds qui pouvaient s'assimiler à des coups, ainsi que des hurlements qu'elle associa à Coralis.

Soudain, un coup de feu retentit et la jeune femme poussa un cri de terreur.

– Naé ?! Gotyé ?! Répondez-moi ! leur ordonnait-elle en pleurs.

Elle continuait de fixer l'extrémité du tunnel et des ombres avancèrent dans sa direction. Apeurée, elle sautilla vers l'arrière, s'éloignant des ombres menaçantes, et découvrit avec horreur quatre inconnus en tenues de combat noires, postés derrière Naé qui était attaché et bâillonné tout comme son frère et sa petite amie.

Immédiatement, elle remarqua que son ami avait reçu un coup au niveau de l'arcade. Elle leva alors les yeux pour étudier les hommes en noir. L'un d'eux saignait abondamment au niveau du nez et un second se touchait la mâchoire comme s'il avait également reçu un violent coup de poing.

– Que voulez-vous ? les interrogea-t-elle, les poings serrés par l'anxiété et la peur.

– Black_Unicorn ? lui demanda l'un des inconnus.

– C'est moi, avoua-t-elle après avoir croisé le regard de Naé. Et vous, qui êtes-vous ?

– Nous sommes là pour vous extraire, l'informa le soldat qui saignait. Nous sommes membres de la résistance armée. EnjoyEden nous envoie pour vous amener en lieu sûr dans notre campement mobile. Tous les soins nécessaires vous y seront prodigués, ajouta-t-il en remarquant la blessure que la jeune femme arborait à la cuisse.

Chapitre numéro douze :

EnjoyEden

EnjoyEden ? Comment était-ce possible ?

EnjoyEden était son contact direct dans le groupe armé de la résistance depuis des années. Au départ, leurs échanges se limitaient au strict minimum : des bilans mensuels des actions résistantes, les statistiques et le suivi des disparitions dans tout le pays ou encore, des informations nécessaires à l'élaboration des articles de #Rebels. Mais avec le temps, leurs contacts étaient devenus plus familiers et même amicaux. Malgré le fait qu'ils ne s'étaient jamais rencontrés, elle avait tissé des liens très forts avec lui et le considérait comme étant quelqu'un d'important dans sa vie.

Régulièrement, elle abordait avec lui ses doutes et ses craintes, absorbant par messages interposés sa bonne humeur et son optimisme naturel, tandis qu'il lui confiait ses angoisses les plus profondes, stigmates de son incarcération au sein d'une prison pour résistants, quelques années auparavant.

Vigdis se remémora les derniers messages qu'ils s'étaient échangés et comprit la présence des soldats dans les tunnels.

EnjoyEden :

"Je peux déployer une équipe pour cette mission d'ici deux jours et si tu me laisses un peu de temps, je peux même m'en occuper personnellement."

Black_Unicorn :

"Non, j'ai besoin de ces dossiers le plus vite possible. Je me suis engagée envers un de mes contacts."

EnjoyEden :

"Tu n'es pas qualifiée pour effectuer ce type d'intervention."

Black_Unicorn :

"Il ne s'agit pas d'une intervention mais de récupération de documents dans un bâtiment abandonné de l'État."

EnjoyEden :

"Crois-en mon expérience, si cet endroit contient des informations qui peuvent nuire au gouvernement, il est surveillé."

Black_Unicorn :

"Je t'informais seulement que je n'allais pas être disponible pour répondre à tes messages au cours de la matinée. Je n'attendais pas ta permission."

EnjoyEden :

"Excuse-moi, j'ai tendance à être un peu trop protecteur envers les gens auxquels je tiens :) "

Black_Unicorn :

"Je ne te connais même pas et pourtant, on dirait un vieux couple."

EnjoyEden :

"C'est faux. Tu connais jusqu'à la pointure de mes chaussures..."

Black_Unicorn :

"Je voulais dire en... vrai."

EnjoyEden :

"Qui sait... peut-être qu'un jour nous aurons la chance de nous rencontrer."

Black_Unicorn :

"J'espère."

EnjoyEden :

"Moi aussi. Surtout, sois prudente."

Black_Unicorn :

"Je le serai."

EnjoyEden :

"Contacte-moi par message dès que la mission sera terminée."

Tout prenait un sens. Durant tout le temps où ses amis et elle avaient été prisonniers dans les tunnels, elle n'avait pas eu accès à l'Aligore et n'avait donc pas pu contacter EnjoyEden qui, n'ayant pas reçu de ses nouvelles, avait envoyé une équipe pour leur extraction.

— Il va falloir se déplacer rapidement, les informa un des résistants.

— Je vais vous porter, proposa l'un d'entre eux à Vigdis.

— Détachez d'abord mes amis, leur ordonna la jeune femme, intransigeante.

Les résistants échangèrent des regards perplexes, avant d'accéder à sa demande et de libérer les membres du quatuor, terminant par Naé qui s'approcha de son amie :

— Tu es certaine qu'on peut leur faire confiance ?

— C'est EnjoyEden qui les envoie. On peut compter sur lui.

Remarquant l'incompréhension de son ami, elle précisa :

— Je lui avais parlé de la mission.

— Je ne savais pas que tu lui disais autant de choses, se vexa-t-il, une pointe de jalousie dans la voix.

— Je pense qu'on devrait les suivre, lui répondit-elle sans prêter attention au ton sur lequel Naé abordait son amitié à distance.

— On va vous suivre, mais JE vais la porter, décida Naé, se méfiant des résistants.

— Des gardes sont toujours à votre recherche, les informa le soldat au nez enflé et nous avons de la chance que le GISAR soit déjà trop occupé sur plusieurs autres de nos opérations pour venir dans ce trou perdu.

— Vous êtes prêts ? s'assura un second soldat.

— Gotyé, tu peux prendre les dossiers que nous avons récupérés ? l'interrogea Vigdis, déjà blottie dans les bras de Naé.

— Pas de problèmes, lui fit savoir le cadet en récupérant les documents au sol.

— Bon, on y va, s'agaça Coralis, impatiente de voir Vigdis hors des bras de son petit ami.

— Accroche-toi bien, commanda Naé à son amie dont la cuisse brûlait toujours atrocement.

La jeune femme resserra sa prise autour de son cou. Elle

pouvait sentir le parfum de sa peau, la chaleur de son corps musclé et, alors que son regard se fixait sur ses lèvres, elle se remémora leur goût et leur douceur.

Elle avait cet homme dans la peau depuis toujours. Aujourd'hui, elle avait enfin fait un pas vers lui. Elle lui avait avoué ses sentiments et ce qu'elle redoutait le plus était arrivé... il l'avait repoussée.

Elle sentit sa poitrine se serrer et ses yeux s'embuèrent. Il ne voulait pas d'elle. Cette réalité la terrassa et, blottie contre son large torse, elle le détestait autant qu'elle l'aimait. Même si elle ne le lui montrait pas, elle lui en voulait de la faire souffrir à ce point. Elle aurait tant aimé qu'il la console et prenne soin de son cœur brisé. Elle avait besoin d'affection et ça, il le lui refusait. Elle essuya une seconde vague de larmes et Naé sut, sans même baisser les yeux vers son amie, qu'elle pleurait. Sa prise autour d'elle se fit plus forte alors que le groupe accélérait le pas vers une sortie près de laquelle des gardes se tenaient.

— Que fait-on maintenant ? les interrogea Gotyé dont le cœur battait la chamade.

— Vous rien, décréta un des résistants, tandis qu'un autre avançait en direction des gardes qui leur tournaient le dos en ajoutant, ne faites plus un bruit.

Anxieux, Gotyé observa le soldat s'approcher du premier garde, à tâtons, avant de le saisir à la gorge, effectuant un étranglement sanguin qui mit le garde hors d'état de nuire. Il s'attaqua ensuite au second en avançant toujours de la même démarche de chat sauvage vers sa victime. Il sortit une lame d'un étui en cuir fixé à son pantalon et lui trancha la gorge d'un mouvement puissant et précis.

Horrifiée, Coralis voulut crier, mais Gotyé la bâillonna avec force.

— Bien anticipé, le félicita le résistant dont le sang de sa victime avait légèrement éclaboussé son visage.

— Merci, balbutia Gotyé en croisant le regard pénétrant du soldat.

— Reste concentré, lui ordonna son frère, conscient de son trouble.

Gotyé acquiesça, gêné que son aîné lui ait fait une remarque devant le ténébreux résistant aux cheveux noir corbeau.

— Suivez-moi, leur ordonna l'un des résistants en prenant la tête du groupe qui, au pas de course, le suivit à travers la plaine qui longeait la sortie du tunnel.

— Accélérez, on a été repérés, les commanda le soldat aux cheveux sombres qui fermait la marche, en tirant plusieurs coups de feu en direction de gardes qui se mirent à leur poursuite.

Vigdis resserra encore davantage sa prise autour de Naé et mordit avec force l'intérieur de sa joue pour supporter la douleur qui déchirait sa cuisse.

Une seconde vague de tirs éclata et un des résistants s'effondra au sol.

— Relève-toi, ordonna le ténébreux résistant au blessé qui hurlait de douleur, touché au niveau de l'abdomen.

Sans réfléchir, Gotyé fonça sur celui-ci et l'aida à se relever.

— Allez, on est presque arrivés à la jeep, les encouragea un des soldats de la résistance.

Le soldat qui fermait la marche posa un genou au sol et les commanda :

— Allez jusqu'à la voiture, je vous couvre !

— Mais toi ? questionna Gotyé, apeuré, en soutenant toujours le blessé.

— Occupe-toi de l'amener jusqu'à la jeep, MAINTENANT ! lui ordonna le soldat en ouvrant le feu sur les gardes qui couraient dans leur direction, les abattant les uns après les autres.

Sans attendre, le groupe continua à s'enfoncer vers la forêt à l'entrée de laquelle se trouvait un sentier où les attendait leur véhicule et un résistant qui était resté près de celui-ci.

— Allez, vite, montez ! les encouragea le soldat en leur ouvrant la benne arrière de la jeep dans laquelle les civils et les blessés s'installèrent.

— Rayn ! On y va ! cria soudain le résistant à son compagnon qui tirait toujours en direction des gardes qui s'étaient multipliés. Rayn, viens vite ! hurla-t-il à nouveau.

Le tireur se décida enfin à les rejoindre et courut en direction du véhicule dans lequel il monta après avoir embrassé un des résistants sur la bouche sous le regard hypnotisé de Gotyé.

— Bienvenue dans la résistance armée, plaisanta le compagnon de Rayn, qui était resté dans la benne avec les civils, un sourire satisfait étirant son visage mal rasé.

Chapitre numéro treize :

La rencontre

À leur arrivée au camp, le résistant blessé et Vigdis furent amenés d'urgence sous une petite tente qui servait d'infirmerie. En premier lieu, le médecin se concentra sur le résistant touché à l'abdomen tandis qu'une jeune femme en tenue militaire noire aidait Vigdis à se libérer de son pantalon. Gênée, la jeune femme demanda à ses amis de la laisser un peu seule avec le médecin.

– Il n'en est pas question, refusa Naé, inquiet de ne pas pouvoir protéger les membres de son groupe.

La résistante qui jouait les infirmières avertit la jeune femme en désinfectant sa blessure :

– Il ne va pas tarder. Il était en mission, mais cela ne devrait plus être long avant qu'il ne revienne au camp.

La blessée se douta qu'elle parlait d'EnjoyEden et la remercia chaleureusement. Avec délicatesse, l'infirmière de fortune termina de nettoyer la plaie et banda la cuisse de la jeune femme. Elle se dirigea ensuite vers un sac en tissu duquel elle sortit un t-shirt XXL.

– Tu dois éviter d'effectuer une pression sur ta cuisse. Ne remets pas ton pantalon aujourd'hui. Enfile ça, lui conseilla-t-elle en lui tendant le t-shirt. Cela devrait être assez long pour te servir de robe.

— C'est gentil, la remercia Vigdis, dubitative, qui attendit que ses amis lui aient tourné le dos pour retirer sa blouse.

Arborant un soutien-gorge blanc en coton, elle enfila le t-shirt sous les yeux du soldat blessé qui ne se gêna pas pour jeter un coup d'œil au corps de celle que tout le monde connaissait sous le nom de Black_Unicorn.

Habillée, elle émit un son discret afin d'avertir ses amis qu'ils pouvaient à nouveau lui faire face quand, soudain, un jeune homme pénétra dans la tente.

— Impossible, plaisanta-t-il en avançant de quelques pas. Tu n'es pas Black_Unicorn ?!

Vigdis sourit en contemplant le soldat qui était vêtu de la même combinaison noire que tous les soldats du camp arboraient. Il était très grand, même plus grand que Naé et avait des cheveux foncés coupés court et une partie de la tempe entièrement rasée.

— Et pourquoi ça ? l'interrogea-t-elle, amusée, en admirant son visage souriant et amical.

— On ne peut pas être si jolie et si intelligente à la fois, ce serait trop injuste pour les autres femmes.

— Charmeur, mais pas très clairvoyant car je suis celle que tu cherches, lui avoua-t-elle en admirant son corps svelte et bien proportionné, avant de plonger son regard dans ses grands yeux verts.

— Réponds correctement à une question et je te croirai, la défia-t-il.

– Laquelle ? lui demanda-t-elle, joueuse.

– Quel est mon plat préféré ?

– Question facile, s'amusa la jeune femme qui esquissa un sourire. Nous avons passé toute une soirée à nous envoyer des messages pour en venir à la conclusion qu'à l'heure actuelle, tu n'as aucun plat préféré.

En entendant cette réponse, il la serra avec force dans ses bras, la faisant décoller du sol.

– Attention à ma cuisse, se plaignit Vigdis en riant.

– Oh, excuse-moi, je n'ai pas fait attention. Ça fait si longtemps que je veux te rencontrer en chair et en os.

– Moi aussi, je suis très heureuse de te rencontrer... enfin.

– Alors, Black_Unicorn, quel est ton vrai nom ?

– Vigdis.

– Vigdis ?

– Quoi ? Tu n'aimes pas ? s'étonna-t-elle, amusée.

– Si, c'est juste que ce n'est pas très courant comme prénom.

– Ma mère l'a choisi parce que ça signifie "la déesse combattante".

– C'est joli, ta mère avait du goût.

Naé fut surpris qu'il ait utilisé l'imparfait, mais il se douta que la jeune femme avait déjà abordé le décès de sa mère lors de leurs précédents échanges via leurs émetteurs respectifs.

– Et toi ? Je suppose qu'EnjoyEden n'est pas ton nom ? l'interrogea-t-elle à son tour.

– En fait, c'est juste Eden.

– Bonjour Eden, le salua-t-elle en riant.

– Enchanté, Vigdis, la salua-t-il en baisant le dos de sa main. Moi qui imaginais rencontrer une petite trentenaire... plus grosse que... enfin je ne pensais pas que tu serais aussi belle.

– Dans notre contrée, plus personne n'a le luxe d'être en surpoids, lui rétorqua Naé, énervé par la présence du jeune homme et de sa complicité avec Vigdis qu'il rencontrait pour la première fois.

– Vous pouvez nous laisser, demanda Vigdis à ses amis.

– Vigdis..., tenta de la raisonner Naé.

– S'il te plaît, Naé, insista-t-elle.

– Comme tu voudras, céda-t-il, furieux en quittant la tente, la main de Coralis dans la sienne.

– Je vais aller remercier les soldats qui étaient présents lors de notre extraction, l'informa Gotyé.

– Tu les remercieras également de ma part ? lui demanda-t-elle, reconnaissante.

– Évidemment, lui promit le cadet en laissant Eden et Vigdis seuls.

Cette situation était très étrange pour Vigdis qui, malgré qu'elle discutât avec un parfait étranger, avait le sentiment de le connaître plus que la plupart des gens. Elle le remercia :

– Merci... merci de nous être venus en aide.

– N'ayant pas de tes nouvelles, je me suis inquiété... je savais que quelque chose n'allait pas.

– Et tu avais raison, admit-elle en jetant un coup d'œil à sa jambe bandée. Je suis désolée qu'un de tes hommes ait été blessé.

– Quand on est en intervention, ce genre de choses arrive. Au moins, il est vivant. Nous devons profiter de chaque jour qui nous est offert.

– Et toi ? Tu comptes profiter de ta journée ? le sonda-t-elle.

– Évidemment ! Surtout qu'aujourd'hui est un jour particulier, car j'ai enfin la chance de profiter de ta présence.

– Je t'aurais bien demandé de me faire visiter le camp, mais malheureusement, je ne peux pas beaucoup bouger.

– De toute façon, je ne comptais pas quitter cette tente. Je veux te garder juste pour moi, plaisanta-t-il. Enfin si ton petit ami est d'accord, la sonda Eden, intrigué.

– Naé est juste un ami, lui confia-t-elle, triste.

– Et il est au courant de ça ? s'enquit le résistant sans se départir de sa bonne humeur communicative.

– Pour tout te dire, il m'a repoussée aujourd'hui même donc, oui, je crois qu'il en est conscient.

– Tant mieux, s'écria Eden pour détendre l'atmosphère, car le temps d'une journée, tu es à moi.

Elle sourit, radieuse.

***

Gotyé entra dans la tente où se trouvaient les résistants qui leur étaient venus en aide un peu plus tôt dans la journée et avança en direction du résistant qui était resté à leurs côtés durant le trajet :

— Micen, c'est bien ça ton prénom ? vérifia le jeune civil.

— Oui, c'est bien ça. Toi, c'est Gotyé, pas vrai ?

Il acquiesça en souriant.

— Je voulais seulement vous remercier tous au nom de chacun des membres de notre groupe.

— C'est gentil, le remercia Micen, ravi.

— Tu passeras le mot à Rayn ? questionna Gotyé en cherchant le soldat aux cheveux de jais des yeux.

— Si tu veux, il est sûrement à l'extérieur. Tu devrais aller voir dans la réserve d'armement, car il m'a dit qu'il allait sûrement aller nettoyer son arme, ou alors tu peux rester un peu près de nous, lui répondit Micen en lui proposant de s'installer près de leur groupe.

En regardant les regards emplis de désir qui se posaient sur lui, le jeune homme comprit que le groupe restreint qui se trouvait avec Micen était composé d'homosexuels, ce qui le frappa dans un premier temps. Tout d'abord, il n'avait jamais été reluqué de la sorte par qui que ce soit. Ensuite, à Alaros, tout comme dans les autres provinces, les gays ne s'affichaient pas ouvertement, au contraire... Ils devaient se fondre dans la masse. Or là, les soldats ne se gênaient pas pour scruter chaque partie de son anatomie qu'ils semblaient trouver à leur goût.

— Non, c'est gentil, déclina-t-il, je vais vite aller le remercier et je retournai auprès de mon frère.

Des papillons dans le bas-ventre, Gotyé quitta la tente principale et en cherchant un peu, finit par trouver celle qui abritait l'armement.

Le jeune homme hésita quelques instants avant de pénétrer dans celle-ci. Il avait été frappé par le charme du mystérieux et dangereux résistant et ne souhaitait pas se rendre ridicule. Au premier regard, il avait su que cet homme n'était pas pour lui. Trop indépendant et trop expérimenté pour s'intéresser à un petit jeune qui n'avait jamais rien connu.

Gotyé n'avait aucune chance de séduire Rayn, mais il n'avait rien à perdre non plus et se décida à aller le rejoindre.

— Je ne te dérange pas ? s'inquiéta le jeune homme en surprenant le soldat en train de changer les deux ressorts de son fusil d'assaut.

Jusqu'ici, il n'avait pas vraiment pris le temps de l'observer avec attention dans les souterrains où il l'avait vu pour la première fois, mais ce qui le frappa en premier fut ses cheveux lisses de couleur sombre, attachés en une demi-queue de cheval, tandis que le bas de son crâne était rasé. Soudain, les yeux clairs du soldat plongèrent dans les siens et Rayn lui demanda, en montrant son arme du menton :

— Tu sais ce que c'est ?

— ...

– C'est une CZ 858 tactical avec crosse fixe modèle semi-automatique... on n'arrive toujours pas à se fournir en automatiques.

Gotyé demeura silencieux. Il ne connaissait rien aux armes. Il n'en avait même jamais pris une en main.

– ...

Rayn montra le chargeur correspondant et informa son visiteur :

– Un chargeur peut contenir trente balles de calibre 7,62 x 39.

– Je ne sais pas très bien ce que ça représente, avoua le civil, mais je me doute que ça doit faire de sacrés dégâts.

– Ça transforme ton adversaire en passoire.

– J'imagine, lui concéda le visiteur.

– Pourquoi es-tu ici ?

– Je voulais te remercier pour ton aide lors de notre sauvetage, plaisanta Gotyé.

– De rien. C'était une mission comme une autre pour moi

– Toutefois, je tenais à te remercier... Tu nous as permis de nous enfuir.

Remarquant que le soldat ne quittait pas son arme des yeux, le civil ne voulut pas le déranger davantage et ajouta :

– Je vais te laisser, tu as sûrement plein de choses à faire.

– Tu as déjà tiré ? le questionna Rayn, ne désirant pas que

son visiteur s'en aille.

— Avec une arme à feu ? s'étonna Gotyé. Jamais.

— À l'occasion, si tu reviens un jour au sein de notre groupe de résistants, je t'apprendrai.

— Je ne pense pas revenir un jour, lui avoua-t-il sans réfléchir.

— Pourquoi ne t'engages-tu pas dans la résistance ?

— Je le suis, se défendit Gotyé, via #Rebels... tout le monde n'est pas fait pour le combat sur le terrain.

— Ton frère l'est. Il a mis une sacrée droite à mon coéquipier.

— Naé se bat uniquement quand il n'a pas le choix ou qu'il doit nous défendre, Vigdis ou moi.

— Il a pourtant été accusé de tentative de meurtre sur un pauvre gars qui a finalement changé sa version des faits.

— Comment...

— J'ai eu accès aux informations rassemblées par notre équipe avant l'intervention. Nous voulions savoir à qui nous avions à faire avant de venir à votre secours.

— Ce jour-là, mon frère m'a défendu contre un groupe homophobe. Il a fait payer leur chef pour s'en être pris à moi. Il a fait de lui un exemple dans mon quartier afin que cela ne se reproduise plus, et ce, malgré sa promesse.

— Quelle promesse ?

— Il a juré à notre grand-mère de ne plus se battre et d'éviter tous les conflits.

— Il a eu tort.

— Pardon ?

— Il aurait dû tuer ces types, lui reprocha le soldat en se concentrant à nouveau sur son arme.

— Lui non plus ne s'est jamais servi d'une arme, l'informa Gotyé en voulant détendre l'atmosphère pesante qui s'était installée. Ça me plairait beaucoup d'essayer, mais cela ne posera pas de problème à Micen ?

— Tu crois vraiment que j'attends l'approbation de quelqu'un ?! lui rétorqua Rayn en riant.

— Je suis désolé, je voulais juste être certain que tu étais... libre de faire ce que tu voulais. Pourquoi ne pas me faire découvrir maintenant, dans ce cas ? lui proposa le civil, excité à l'idée d'utiliser un de ces engins.

— Parce que, grogna Rayn avant de continuer... la prochaine fois. Maintenant, il est temps pour toi de retourner auprès de tes amis.

— Comme tu veux, concéda Gotyé, déçu que le soldat lui demande de partir de manière si directive.

Cette réaction allait à l'encontre du sentiment qui l'habitait, car, contrairement au résistant, le jeune civil ne désirait qu'une chose : rester. Il aurait voulu le contempler davantage, décortiquant chacun de ses mouvements autour des pièces de métal qu'il désassemblait et remontait comme si c'était un jeu d'enfant. Il prit quelques instants supplémentaires pour admirer la façon dont il huilait les différentes parties de l'arme avant de passer une petite brosse dure dans le canon du fusil d'assaut.

Rayn, toujours concentré sur son arme, plongea son regard dans celui du roux à la grâce naturelle. Il n'avait pas besoin de dire quoi que ce soit, il pouvait sentir cette attraction presque palpable entre eux. Il devait l'admettre, il était à la fois intrigué et attiré par le jeune homme, mélange de fragilité et de fougue. Il posa son regard sur ses lèvres fines, puis sur les taches de rousseur qui couvraient ses joues. Sa peau claire contrastait avec sa chevelure hirsute rousse.

Le jeune homme lui plaisait terriblement. Pourtant, il devait garder ses distances.

Gotyé était encore innocent et Rayn avait pour habitude de détruire les gars comme lui. Il les possédait entièrement et finissait toujours par s'en lasser avant de les abandonner, détruits.

Rayn n'avait pas envie de briser le jeune roux. Il devait rester loin de lui.

— À bientôt, le salua finalement Gotyé dont le pantalon était tendu au niveau de l'entre-jambe, ce qui excita encore davantage Rayn qui l'observa quitter la réserve sans réaliser que Micen l'observait également à quelques mètres de là.

Chapitre numéro quatorze :

Aider les rebelles

Les heures s'étaient écoulées à une vitesse folle. Eden avait eu le sentiment d'avoir seulement passé une heure avec Vigdis alors que la journée touchait déjà à sa fin. Sur ordre du médecin du camp, il n'avait pas eu d'autre choix que de la laisser se reposer un peu. Même s'il n'en avait pas la moindre envie, Eden obéit, laissant la jeune femme se remettre des émotions de la journée ainsi que de sa blessure à la cuisse qui la faisait toujours souffrir.

En chemin pour retrouver les autres résistants, il croisa Gotyé qui quittait l'armurerie et prit quelques instants pour discuter avec lui.

— Ça va ? Tout se passe bien ? Tu es bien installé ? lui demanda-t-il en faisant allusion aux sacs de couchage mis à disposition de leurs visiteurs.

— Oui, je te remercie. C'est vraiment gentil de ta part de nous permettre de rester cette nuit.

— C'est tout à fait normal. Vous êtes les bienvenus parmi nous et même si nos installations semblent sommaires, je pense qu'il y a vraiment moyen de profiter de l'ambiance du camp et du mal de dos que ne manquera pas de provoquer ta future nuit en sac de couchage, plaisanta Eden.

— J'ai hâte, s'amusa Gotyé qui appréciait déjà son interlocuteur. Évidemment, je parle uniquement en mon nom, mais si tu as besoin d'une quelconque aide ou d'une paire de bras supplémentaires, je serais ravi de me rendre utile.

Eden réfléchit une seconde avant de lui proposer :

— Si cela te tente, nous manquons d'hommes pour une intervention qui devrait nous permettre de nous réapprovisionner en nourriture, matériels de premiers soins et nécessaire vital.

Brusquement, Naé qui se trouvait non loin de là intervint dans la conversation et mit Eden en garde :

— Je t'interdis de mêler mon frère à vos actions.

Piqué à vif, le soldat de la résistance armée, très mécontent, se défendit :

— Il s'est proposé de nous aider et j'ai accepté uniquement parce que nous sommes en sous-effectif à cause du fait que mes hommes ont été blessés lors de votre sauvetage !

— Nous ne te devons rien, lui rappela Naé qui s'approcha de lui, menaçant. C'est toi qui as décidé de nous venir en aide.

— Ne t'en fais pas, tu ne me dois rien, lui concéda Eden, mais je ne suis pas stupide. Si on me propose de l'aide, je l'accepte avec plaisir, contrairement à certains.

— Dans ce cas, je vais t'aider pour cette mission. Mais sache qu'à l'avenir, si tu as besoin de quoi que ce soit de notre part, c'est avec moi que tu en discuteras.

— Comme tu voudras. Nous partons d'ici une heure, l'informa Eden, tendu comme un arc. Les gars te brieferont durant le trajet.

Naé acquiesça et le chef du camp partit rejoindre ses troupes.

— Mais, qu'est-ce qui t'arrive ?! explosa Gotyé, furieux.

Son aîné, exaspéré par le comportement désinvolte de son frère, lui reprocha, accusateur :

— C'est à toi que je dois poser cette question ! Aider les rebelles, mais t'es devenu complètement fou ?!?

— Je voulais juste aider ! se justifia le plus jeune.

— Et moi, je cherche seulement à te protéger ! Que crois-tu que Nanie penserait de ton comportement ?!

Gotyé ne répondit rien. Il savait pertinemment que sa grand-mère aurait été contre toute participation de sa part dans une quelconque action résistante.

— Tu dois réfléchir avant de proposer ton aide ou de traîner avec n'importe qui, le sermonna l'aîné.

— Pardon ? dit le cadet.

— Tu crois que je n'ai pas vu comment tu regardais ce *Rayn* ? C'est avec lui que tu étais ?

La manière dont son frère avait prononcé le nom de celui qui lui plaisait tant l'énerva au plus haut point et, hors de lui, il rétorqua, exaspéré :

— Qu'est-ce que cela peut te faire ?! J'ai encore le droit de traîner avec qui je veux ! Et puis, j'ai peut-être tort d'être trop reconnaissant envers un groupe de personnes qui vient de nous sauver la vie, mais toi, tu ferais bien de l'être davantage !

Naé voulut lui balancer une de ses répliques furibondes dont il avait le secret, mais Gotyé était déjà parti en direction du campement.

En moins de temps qu'il n'en fallait pour le dire, Naé s'était mis à dos son frère, Vigdis, mais aussi tous les soldats de la résistance armée qu'il avait rencontrés.

Il pouvait difficilement faire pire.

Il soupira puissamment, conscient qu'il ne lui restait plus beaucoup de temps pour grignoter quelque chose avant d'accompagner Eden et ses hommes en mission.

***

Quelques heures plus tard, alors que le voile sombre de la nuit avait entièrement recouvert le ciel, Naé, caché derrière une butte de terre en compagnie d'un duo de soldats résistants, observait avec attention les deux convois du Doniar, entreprise fournisseuse principale du pays, se diriger à grande vitesse dans leur direction. Le plan était d'une simplicité enfantine. Il fallait attaquer les camions transportant le ravitaillement et d'autres denrées en tous genres dont ils avaient cruellement besoin et voler la marchandise en moins de cinq minutes, sans quoi le risque était trop important que les troupes du GISAR, alertées par cette attaque, les pistent jusqu'au campement. Eden ne souhaitait prendre aucun risque et sur ça, Naé ne pouvait qu'être d'accord.

— Tu es prêt ? lui demanda un des soldats à sa gauche. Parce que ça approche... Tic toc, tic toc.

Naé hocha la tête en serrant contre lui le pistolet qui lui avait été attribué. Il n'avait aucune intention de s'en servir mais préférait ne pas être pris au dépourvu s'il n'avait pas d'autre choix.

– Tic toc, tic toc, fredonnait l'un des hommes tandis que l'autre rassurait Naé.

– Ne t'en fais pas, il est toujours comme ça.

– Je ne sais pas si cela me rassure..., lui répondit Naé, provoquant un petit rire chez le second résistant qui semblait être beaucoup plus calme.

– Tic toc tic toc. C'est l'heure ! s'écria celui qui n'avait cessé de regarder sa montre, alors que deux des jeeps de la résistance armée faisaient irruption derrière les convois.

– Il ne devait pas y en avoir une troisième ? s'interrogea Naé à voix haute.

– La voilà, lui indiqua le second soldat en désignant du doigt une jeep qui fonçait à toute vitesse sur les convois.

– Ils sont malades ! s'écria le jeune homme que tout cela dépassait complètement.

– Remercie Eden, c'est lui qui conduit, lui renseigna-t-il.

Naé contemplait avec appréhension le spectacle qui se déroulait sous ses yeux. Soudain, les deux jeeps se retrouvèrent au niveau des convois et les forcèrent à se rapprocher, conduisant côte à côte vers le troisième véhicule qui fonçait toujours sur eux à une vitesse folle. Tendu, Naé serra la poignée de son arme en anticipant le pire lorsqu'il remarqua qu'un homme sortait le haut du corps dans chacun des véhicules latéraux. Des coups de feu d'armes de gros calibre retentirent et les convois vacillèrent dangereusement, perdant de la vitesse.

– Ils leur tirent dans les pneus ! l'informa un des résistants qui l'accompagnait avec une excitation qui n'avait pas lieu d'être et Naé comprit que certains des soldats présents dans la résistance armée n'étaient pas uniquement là pour la cause rebelle. Certains étaient juste des marginaux qui profitaient de cette aventure à fond.

Une seconde série de coups de feu éclata et il sut qu'ils pouvaient se mettre en route vers les convois, toujours en mouvement.

À cet instant, remarquant que la troisième jeep ne changeait pas de direction, un des convois ralentit et, pris en joue par les soldats de l'un des véhicules, le conducteur stoppa, laissant aux résistants un accès total aux marchandises.

Le second convoi, quant à lui, continua à avancer difficilement, en maintenant sa direction, sur la jeep qui lui faisait face mais rapidement, les résistants présents dans le véhicule restant éclatèrent deux des deux pneus à coups de chevrotines, obligeant le convoi à s'immobiliser.

C'est là que Naé et les soldats subsistants intervenaient. Ils étaient chargés de garder un œil attentif sur les conducteurs tandis que les résistants chargeaient au maximum les jeeps avec les denrées disponibles.

Le temps était compté.

Ils avaient cinq minutes avant de quitter les lieux.

Aucun blessé. Aucun mort.

La mission était un succès.

Chapitre numéro quinze :

Un cœur brisé

À leur retour, Vigdis, Gotyé, Coralis et tous les membres du campement les accueillirent avec joie et admiration. La mission s'était déroulée dans la province de Berouda et, avec le temps qu'avait pris le trajet, les résistants n'étaient pas rentrés au camp avant le début d'après-midi du jour suivant.

Comme par réflexe, Vigdis prit Naé dans ses bras afin de s'assurer qu'il allait bien et le jeune homme la rassura en lui murmurant à l'oreille : "Ne t'en fais pas. Tout va très bien, je passerai te voir tout à l'heure.".

Vigdis était soulagée de savoir que son ami se portait bien et n'avait pas été blessé lors de l'intervention rebelle, mais elle fut prise d'une jalousie terrible lorsqu'il se libéra de son étreinte pour aller embrasser Coralis, qui l'attendait en minaudant.

— Tu vas mieux ? s'inquiéta Eden en sortant Vigdis de ses pensées assassines.

— C'est plutôt moi qui devrais te poser la question. C'est toi qui viens de risquer ta vie pour rapporter tous ces vivres.

Eden sourit, séducteur.

— Ça a l'air plus impressionnant que ça ne l'est en réalité.

— Tu as découvert quelque chose ? le sonda-t-elle en remarquant qu'il tenait des documents en main.

– Justement, je crois bien. D'après ce que j'ai pu lire durant le trajet de retour, l'eau disponible à la consommation dans la province de Kilae aurait été exposée à des produits toxiques.

– Et tu crois qu'elle l'est encore ?

– C'est fort probable, lui avoua-t-il, inquiet.

– Oh, mon Dieu, il faut que je rédige sur-le-champ un post à ce sujet sur #Rebels. En utilisant notre hashtag d'alerte, l'info ne tardera pas à se répandre. C'est comme une traînée de poudre, ça s'enflamme vite.

– Qu'on les laisse tous crever jusqu'au dernier ! s'exclama soudain Rayn, froid comme la mort, avant de quitter le groupe en direction de sa tente.

– Il vient pourtant de cette province, pas vrai ? s'étonna Gotyé, surpris de sa réaction. Les prénoms des hommes se terminant par "yn" sont originaires de Kilae, non ?

– Oui, en effet. Je ne sais pas ce qu'il lui est arrivé là-bas, lui fit savoir un des soldats. Il n'en parle jamais, mais je me doute qu'il n'a pas choisi de rejoindre la résistance armée sans raison. T'en fais pas, ce n'est rien de grave. Rayn est quelqu'un de compliqué. Il n'est pas facile à cerner. C'est son putain de côté sombre qui veut ça, il est juste comme nous tous… il a le cerveau retourné par ce monde de merde, continua le soldat avant d'aller, lui aussi, retrouver son sac de couchage.

– Ne t'occupe pas de lui, intervint Eden en donnant les documents à celle qui n'était autre que Black_Unicorn. Nous devons préparer un message à l'attention de #Rebels.

– Mais je n'ai aucun réseau, ici, avec mon émetteur. Je

n'arrive pas à me connecter à l'Aligore.

— À ton avis, pourquoi avons-nous choisi d'établir le campement à cet endroit précis ? Je ne veux prendre aucun risque et, après notre attaque d'hier soir, tous les services de sécurité gouvernementaux du pays vont être particulièrement attentifs à tous les messages publiés. Préparons le post aujourd'hui et demain, je te conduirai dans un endroit sûr où tu pourras te connecter à #Rebels.

Vigdis était loin d'être ravie de devoir attendre avant de prévenir les habitants de Kilae qu'ils étaient probablement en train de consommer de l'eau contaminée, mais elle n'avait pas le choix. Elle devait, avant tout, protéger ces soldats qui les accueillaient dans leur campement.

— Allons-y, encouragea-t-elle Eden à la suivre dans sa tente afin de l'aider dans l'écriture de son article.

***

En fin de journée, une sonnerie aigüe retentit, interrompant Vigdis et Eden, les informant que le repas était prêt.

— Tu veux que j'aille te prendre une assiette ?

La jeune femme aurait voulu y aller elle-même, mais sa cuisse la faisait à nouveau souffrir et elle préféra être prudente et s'économiser.

— Oui, c'est gentil, accepta-t-elle.

— Je t'avertis qu'il ne s'agit pas d'un repas quatre étoiles.

— Au moins, c'est un repas. À Alaros, il devient de plus en plus difficile de ramener de quoi manger à la maison.

Comme par réflexe, le résistant caressa la joue de sa nouvelle amie, protecteur, alors que Naé entrait dans leur tente, les interrompant.

– Je vais nous chercher ça tout de suite, décréta Eden, devinant que le grand blond voulait s'entretenir avec Vigdis, et les laissa seuls.

– Où va-t-il ? demanda le jeune homme au sujet d'Eden lorsqu'ils ne furent plus que deux.

– Il est parti me chercher un plateau-repas, l'informa-t-elle en passant les doigts dans ses cheveux.

– C'est très chevaleresque de sa part, se moqua Naé, une pointe de jalousie dans la voix.

– Tu pourrais te montrer plus reconnaissant, lui reprocha Vigdis.

– Parce que tu crois qu'il n'a rien à gagner là-dedans ? protesta-t-il.

– Un de ses hommes a été blessé et ils nous hébergent ici sans rien nous demander en échange. En plus, il m'a aidé à préparer mon article sur la pollution de l'eau que je publierai demain.

– Crois-moi, il ne fait pas ça gratuitement... Je vois bien la façon dont il te regarde, il a envie de toi.

– Ça en fait au moins un, s'indigna la jeune femme, piquante.

– Ne dis pas ça.

– Pourtant c'est vrai..., rétorqua-t-elle. Quand je suis avec lui, j'ai l'impression d'exister. J'ai le sentiment qu'il n'y a que moi qui compte alors qu'avec toi, je suis invisible.

– Ce n'est pas le cas, la contredit-il.

– Qu'est-ce que c'est censé vouloir dire ? lui demanda-t-elle, une lueur d'espoir dans les yeux.

– Rien... marmonna-t-il, résigné.

– Je pense que tu devrais retourner auprès de Coralis, l'invita-t-elle à quitter sa tente, les yeux humides.

– Vigdis...

– Laisse-moi, le commanda-t-elle, suppliante, alors qu'Eden la rejoignait avec deux bacs en plastique carrés qui leur servaient de gamelles, à défaut d'assiettes.

– Tout va bien ? s'assura le résistant en remarquant le regard triste de la jeune femme.

– À toi de me le dire, le provoqua le blond dont le torse était gonflé par l'énervement.

– Je pense faire tout ce qui est en mon pouvoir pour que tout se passe au mieux ici, contrairement à toi, répliqua Eden.

– Je vois très bien où tu veux en venir. Je sais ce que tu as en tête.

– Parce que tu n'en as pas envie peut-être ? provoqua le résistant.

– Ne me pousse pas à bout, conseilla Naé en s'approchant de lui, menaçant, avant de quitter la tente comme Vigdis le lui avait demandé quelques minutes plus tôt.

– Je suis désolée pour son comportement, s'excusa la jeune femme qui saisit le repas qui lui était destiné. Il veut juste me protéger.

Eden objecta :

– Il ne sait même pas se protéger lui-même. Comment pourrait-il prendre soin de toi ?

– Il fait de son mieux, le défendit-elle, blessée par la réflexion du résistant.

– Je sais qu'il fait ce qu'il peut, mais il n'a pas les ressources nécessaires. C'est pareil concernant #Rebels. Nous pourrions te fournir toute l'aide nécessaire pour gérer une telle plateforme, ainsi que le matériel dernier cri que nous récupérons parfois. Nous pourrions créer une alliance officielle entre ton réseau social et la résistance armée afin de motiver la population à nous rejoindre dans la lutte contre notre gouvernement.

– #Rebels est un réseau libre, l'interrompit-elle, suspicieuse. J'ai beau adhérer sur de nombreux points à la doctrine de ton groupe résistant, je tiens toutefois à rester fidèle à ma communauté. Le slogan "WE ARE #REBELS" est synonyme du fait que, toi comme moi, nous sommes résistants, mais de différentes manières.

– C'était juste une proposition, la rassura-t-il en remarquant ses sourcils froncés.

– Je sais, se dérida-t-elle, c'est seulement que #Rebels, c'est mon bébé, et je préfère continuer à le gérer seule... pour le moment du moins.

– Je comprends, c'est normal, mais nous pourrions

réellement prendre soin de toi ici... ainsi que des membres de ta famille.

   – Je ne suis pas certaine que Naé serait d'accord, supposa-t-elle.

   – C'est de toi qu'il s'agit et non de lui... enfin sauf s'il y a plus entre vous..., chercha-t-il à savoir.

   – C'est toi qui es dans ma tente, pas lui, avoua-t-elle dans un murmure.

Il sourit et l'invita à goûter son repas.

La jeune femme jeta un coup d'œil rapide à la mixture qui pouvait être assimilée à un ragoût. Prudemment, il lui tendit une cuillère en déclarant :

   – À toi l'honneur.

Vigdis ne se fit pas prier et plongea son couvert dans la préparation qu'elle goûta avec appétit.

   – C'est encore meilleur que la potée d'hier, lui accorda-t-elle en remplissant à nouveau sa cuillère.

Extrêmement surpris, Eden observait avec émerveillement la jeune femme qui semblait ne pas avoir mangé depuis des semaines.

   – La situation à Alaros doit vraiment être invivable si tu en arrives à adorer les ragoûts de Loris, notre préposée à la cuisine.

Elle rit en engouffrant une nouvelle portion de préparation.

   – Ça fait plaisir de te voir comme ça, lui confia-t-il.

   – En train de m'empiffrer, tu veux dire ? plaisanta-t-elle.

La gaieté illuminait sa voix.

– Souriante, précisa-t-il.

Elle sourit derechef, gênée et ravie à la fois.

– Tu veux ma portion ? lui proposa-t-il en remarquant qu'elle avait terminé sa gamelle.

– Non, c'est gentil. Tu ne manges pas ?

– Je n'ai pas faim, lui avoua-t-il.

– Tu dois être fatigué, supposa-t-elle, bienveillante.

– Je ne pourrais pas dormir même si je le voulais. Je veux passer un maximum de temps avec toi avant ton départ, lui confia-t-il, rien d'autre ne compte.

Il glissa sa main dans ses cheveux et inclina sa tête jusqu'à ce que ses lèvres recouvrent les siennes.

– Tu es enfin à moi, Black_Unicorn, murmura-t-il tout contre sa bouche avant de l'embrasser avec ardeur.

Elle s'approcha de lui et vint s'installer sur ses genoux alors que ses lèvres retrouvaient les siennes, elle sentit son érection appuyer fermement contre son entre-jambe, brûlante de désir. À cet instant, la grande main d'Eden se referma sur le bras de Vigdis, les séparant un moment.

– Tu es certaine que c'est ce que tu veux ?

Ils se dévisagèrent, les yeux dans les yeux, pendant un long moment, et elle passa ses mains sous le t-shirt du jeune homme, caressant ses abdominaux parfaitement dessinés.

– Je ne veux pas te presser, je peux attendre, lui assura-t-il.

– On ne va peut-être jamais se revoir, réalisa Vigdis à haute voix.

– On va se revoir, lui promit-il, parce que notre combat est loin d'être fini. La résistance commence à peine et à notre façon, nous avançons tous deux dans la même direction, ajouta-t-il en se débarrassant entièrement de son haut, découvrant les terribles cicatrices qui marquaient son dos.

Lors d'une de leurs précédentes conversations, il lui avait confié garder les stigmates de son incarcération au sein d'un centre secret de l'Etat, mais elle n'aurait jamais pu imaginer qu'il faisait allusion à de telles lacérations.

– Je..., articula-t-elle.

– Ne dis rien, la supplia-t-il en l'embrassant derechef. Je comprends que tu aies besoin d'un peu de temps. En attendant, laisse-moi prendre soin de toi, poursuivit-il, protecteur, en l'aidant à s'allonger à ses côtés.

Elle demeura muette alors qu'il s'installait contre elle.

– Tu es magnifique, chuchota-t-il alors que son corps la réclamait désespérément. Ne t'en fais pas, j'attendrai que tu sois prête.

Vigdis prit le temps d'admirer le chef de camp. Elle avait beau aimer Naé de tout son cœur, elle lui en voulait tellement de ne pas éprouver les mêmes sentiments à son égard. Dans les bras d'Eden, elle se sentait protégée et aimée. Dans ses yeux, elle se sentait belle et entière.

Ils se blottirent encore davantage l'un contre l'autre et discutèrent un moment avant de sombrer dans un sommeil bien mérité.

À cet instant, à quelques mètres de là, Naé, le cœur brisé, continuait de fixer la tente dans laquelle deux ombres s'étaient unies avant de disparaître dans la nuit, essuyant rageusement les larmes que le fait de savoir Vigdis et Eden ensemble lui avait arrachées.

Chapitre numéro seize :

Il faut bien commencer quelque part

Depuis leur arrivée dans le campement rebelle, Gotyé n'éprouvait aucune difficulté à ne pas s'impliquer dans le conflit qui semblait avoir éclaté entre son frère aîné et son amie Vigdis. Cela faisait des années que ces deux-là étaient amoureux et pourtant, ils continuaient à trouver toutes les raisons de ne pas être ensemble. Pour cela, il blâmait tout particulièrement Naé qui était toujours en couple avec l'une ou l'autre fille sans intérêt de leur quartier.

Heureusement pour le cadet, Coralis était partie se coucher de bonne heure dans une des tentes communes du campement où on leur avait aménagé l'essentiel pour eux, afin de s'installer le temps d'une nuit.

Désormais seul, Gotyé, reconnaissant envers les résistants pour les avoir sauvés, était resté un peu parmi les troupes réduites qui jouaient au Tiavro *(version moderne du Poker)*. Parmi les joueurs, il se concentrait tout particulièrement sur Rayn qui, assis à gauche de son compagnon, Micen, semblait perdre la partie.

Le civil ne pouvait détacher ses yeux de cet homme par lequel il avait immédiatement été intrigué et... attiré. Il y avait quelque chose dans son physique, dans son attitude ainsi que dans sa façon d'être en général, qu'il trouvait magnétique.

Sa chevelure sombre contrastait avec sa peau blanchâtre, lui donnant des airs de créature fantastique au pouvoir hypnotisant.

Lorsque son regard croisa celui du soldat qui lui souriait, majestueux, il décida de se concentrer à nouveau sur son verre qui se vidait avec une lenteur exagérée. Après tout, Rayn n'était pas célibataire... et pourtant, à en croire les dires du soldat, Micen et lui n'étaient pas exclusifs. Une bouffée de chaleur l'envahit à l'idée que quelque chose pourrait se passer entre Rayn et lui.

— Tu veux boire quelque chose de plus fort ? lui proposa soudain une voix grave dans son dos.

Gotyé fit immédiatement volte-face et découvrit Gerald, un des hommes qui évoluaient toujours aux côtés de Micen et Rayn.

— Qu'est-ce que c'est ? l'interrogea le roux sur ses gardes, en scrutant le contenu verdâtre de la bouteille que le résistant tendait dans sa direction.

— Goûte, tu ne le regretteras pas, lui promit le soldat qui, voyant que le civil était partant, porta la bouteille directement à sa bouche.

Ne perdant pas une miette du spectacle qui se déroulait devant lui, Rayn observa avec une pointe de jalousie, mais surtout d'envie, son ami verser le contenu extrêmement alcoolisé dans la gorge offerte du jeune civil qui était loin d'imaginer à quel point il était séduisant. Malgré lui, ses doigts se resserrèrent sur ses cartes lorsqu'il remarqua son ami s'approcher davantage de Gotyé qui semblait se libérer progressivement. Une carte se plia lorsque le soldat, qui semblait ne pas vouloir s'éloigner de Gotyé, posa un baiser dans la nuque de celui-ci.

— Fais attention aux cartes, se plaignit un des participants à l'intention de Rayn qui lui rétorqua, piqué au vif :

– Demande plutôt à Gerald de prendre ma place !

Gerald n'entendit pas qu'on s'adressait à lui tant il était concentré sur les caresses qu'il s'appliquait à faire sur l'avant-bras de Gotyé, qui n'était pas insensible à ce geste délicat.

– Gerald ! répéta Rayn, à cran. On t'appelle !

– Que se passe-t-il ? demanda soudain l'intéressé, perdu.

– Viens terminer ma partie, le commanda son ami.

– Mais je suis occupé, rétorqua Gerald, sous le charme du roux.

– Je sais et je m'en fous, viens ! lui ordonna derechef Rayn qui, le plus discrètement possible, informa Gotyé d'un signe de tête qu'il souhaitait qu'il le rejoigne à l'extérieur de la tente.

Sans même réfléchir à ce qu'il venait de faire pratiquement sous les yeux de son partenaire qui demeura silencieux, le jeune homme sortit du chapiteau qui trônait au centre du campement.

Une fois à l'extérieur, Rayn avança en ligne droite vers l'orée du bois située à la sortie du campement. Il cherchait un endroit tranquille et, après quelques courtes minutes de marche dans la direction qu'il avait indiquée à Gotyé, il s'immobilisa.

– Je me doutais que tu viendrais, décréta le soldat à la chevelure noire.

– Micen ne va rien dire ? s'inquiéta le civil, qui l'avait sagement suivi, ne souhaitant pas briser un couple.

– Approche, ordonna le soldat, satisfait par le lieu trouvé

pour cette invitation mystérieuse. Je pense qu'il est évident qu'on n'est pas exclusifs, Micen et moi, alors arrête de parler de lui.

Le vent lui fouettait le visage mais Gotyé n'y prêta aucune attention. Tout son être était concentré sur Rayn et ses mouvements alors qu'il s'approchait de lui comme un prédateur de sa proie.

Une fois à son niveau, Rayn plaqua Gotyé contre l'arbre qui les jouxtait.

Sans prévenir, le soldat glissa une main entre les jambes de son partenaire d'un soir et obtint la preuve formelle de son excitation.

— Déjà dur, souffla-t-il dans son cou avant de sucer doucement sa peau.

La nuit promettait d'être mémorable.

Gotyé, sentant le souffle chaud de son amant sur sa peau fine, laissa échapper un gémissement sans se soucier de lui montrer à quel point il était sensible et réceptif à ses caresses. Soudain, ses yeux croisèrent ceux de Rayn. Il n'y avait aucun doute, cet homme désirait la même chose que lui. Son regard de prédateur était braqué sur lui. Il allait passer à la casserole... pour son plus grand plaisir.

Tremblant, il prit une profonde inspiration en sentant les mains du soldat descendre vers sa fermeture éclair.

Son cœur se serra.

Sans dire un mot, Rayn poussa vers le bas le pantalon de son partenaire et le tissu s'écrasa sur ses chaussures.

— C'est ta première fois ? le questionna-t-il, surpris.

– Il faut bien commencer quelque part, plaisanta Gotyé pour se détendre.

– Oh, je vois, comprit soudain le soldat qui l'embrassa avec douceur avant de se mettre à genoux, un sourire séducteur étirant son visage.

Rayn était à la fois excité et heureux de faire découvrir au jeune homme ce qu'était le plaisir.

– Tu es sûr ? s'informa le civil dont le cœur, qui battait si fort, menaçait de sortir de sa poitrine.

Le sourire de Rayn s'accentua et, sans relever les yeux vers son partenaire, il débuta des mouvements aller-retour, se délectant de la façon dont le corps innocent du jeune homme tremblait et se tordait à son contact. Il voulait le faire jouir et partager ce moment avec lui. Il éprouvait une satisfaction tout particulière à arracher de gémissements à son amant.

Gotyé, perdu dans un océan de sensations, l'encouragea à accélérer ses déplacements autour de sa chair dure et douce avant d'exploser, submergé par le plaisir.

Le soldat se releva et échangea un baiser sensuel avec son partenaire à présent comblé.

Toujours sous le coup de l'excitation, Rayn se plaça dans le dos de celui-ci en plaquant sa bouche contre la sienne. Il était tellement séduisant que Gotyé ne pouvait rien lui refuser. Ce soir, cette nuit, à cet instant précis, il était à lui et il l'autorisait à lui faire tout ce qu'il désirait.

Lorsque le résistant se colla à lui, le jeune homme fut parcouru de tremblements. Il voulait que cet homme le possède et son vœu allait être exaucé.

— Tu me plais vraiment beaucoup, tu sais, lui avoua Rayn dans son oreille avant d'embrasser sa nuque parfaite.

Le soldat sortit une protection en plastique souple qu'il plaça sur son sexe, le latex étant devenu bien trop rare pour que la résistance puisse s'en procurer. En temps normal, dans leur base fixe, les résistants bénéficiaient d'une assistance médicale leur permettant d'être testés régulièrement. Mais, depuis qu'il se trouvait au sein de ce campement mobile, Rayn avait eu des rapports répétés avec Micen et ne préférait prendre aucun risque.

Gotyé, dont les paumes étaient désormais appuyées contre l'arbre, fut surpris que son amant lui attrape le menton pour le forcer à l'embrasser. Ses yeux étaient sauvages, ses baisers possessifs.

À cet instant précis, aux yeux du jeune homme, Rayn était la perfection incarnée et le silencieux environnement fut seulement brisé par un cri de plaisir qu'ils émirent en s'unissant. Le soldat ralentit automatiquement la cadence. Il savait que, pour Gotyé, il s'agissait de la première fois et il ne voulait pas être égoïste.

Tendus, leurs corps se cambrèrent et leur étreinte devint puissante, presque bestiale. Les deux amants, perdus dans une danse cadencée, laissèrent échapper un concert de grognements et de gémissements qui résonnèrent dans la forêt silencieuse.

Chapitre numéro dix-sept :

Cohabitation difficile

Lorsqu'Enora pénétra dans la hutte de son binôme, elle remarqua sa valise rouge posée sur le coffre métallique. Elle s'approchait de l'objet lorsqu'Aldon l'informa d'une voix stricte :

— J'ai vidé son contenu dans un des compartiments de l'armoire de la chambre.

La jeune femme n'était pas dupe, elle savait qu'il était loin d'être bête et, ayant très probablement des doutes sur les raisons de sa présence, il avait dû fouiller son contenu. Heureusement pour elle, rien de ce qu'elle avait emporté ne la liait, de près ou de loin, au mouvement résistant.

Mais elle devait se montrer prudente et s'assurer que, lorsqu'elle obtiendrait le moyen de communiquer avec les modérateurs, celui-ci demeure caché.

— Merci, finit-elle par murmurer. Je te remercie de mettre à disposition un emplacement pour ranger mes affaires et me sentir un peu plus... à l'aise.

— Ne te méprends pas, Nora. Évidemment, je veux que cette semaine se passe au mieux pour toi, mais je vais m'assurer que ce sera ta dernière au sein de la ruche, lui confia-t-il, décidé.

— Pourquoi ? s'offusqua-t-elle. Qu'est-ce que ça peut bien te faire que je reste ou non si c'est ce que je souhaite ? lui demanda-t-elle, circonspecte.

— L'unique raison est que je me dois de veiller sur toi et, crois-moi, tu n'as aucune chance de rester ici plus longtemps, s'emporta-t-il à nouveau.

— Pourquoi t'énerves-tu ? J'essaie seulement d'avoir une discussion avec toi.

— Je ne veux pas discuter !

— Qu'attends-tu de moi ?

— Que tu fasses ce que je te dis sans poser de questions.

Elle sentit ses yeux devenir de plus en plus humides, mais elle refusa de pleurer et se contenta de hocher la tête docilement.

— Si tu as faim, il reste...

— Je n'ai pas faim, le coupa-t-elle, la voix enrouée.

— Parfait, dans ce cas, lui rétorqua-t-il d'une voix sinistre en se dirigeant vers la sortie de la hutte.

— Où vas-tu ? le questionna-t-elle.

— C'est à mon tour de devoir prendre l'air.

— Tu en as pour longtemps ? lui demanda-t-elle.

— Ne m'attends pas pour dormir. Tu peux prendre le lit, je dormirai par terre.

— Si tu ne veux pas de moi, d'accord, mais partageons au moins ton lit. Je ne vais pas te sauter dessus, lui fit-elle remarquer alors qu'il disparaissait hors de la hutte.

À présent seule, Enora souleva le rideau qui séparait en deux les appartements de son binôme et pénétra dans la chambre à coucher. Elle était tout ce qui pouvait exister de plus sommaire et le nombre de cachettes potentielles était réduit. Lentement, elle s'approcha du coffre en métal et l'ouvrit en jetant un rapide coup d'œil vers le rideau pour s'assurer qu'Aldon n'avait pas fait demi-tour.

L'espace de rangement était plein à craquer et elle ne prit pas le temps de tout inspecter, car ses yeux furent attirés par une boîte en bois gravée. Elle l'avait vue plusieurs années auparavant, trôner sur la cheminée de la salle à manger de la maison des parents du jeune homme.

Avec délicatesse, elle ouvrit la boîte et fut surprise de découvrir son contenu : un pistolet et quelques photos. Enora prit soin de saisir les photographies sans toucher l'arme à feu qui, de par sa simple présence, lui glaçait le sang. Sur les différentes photos, Enora reconnut les parents d'Aldon, sa sœur Becca et, sur la dernière, on pouvait voir Aldon aux côtés des jumelles, Althéa et Enora.

À cet instant, la novice comprit que cela devait être particulièrement difficile pour lui d'être en sa présence, et surtout dans de telles circonstances.

Pourtant, elle n'avait pas le choix. Elle devait accomplir sa mission et trouver le moyen d'accéder aux informations dont elle avait besoin. Mais, si elle voulait enfin obtenir les réponses à ses questions concernant sa sœur jumelle, elle devait également assurer sa place au sein de la ruche.

En silence, elle rangea les effets personnels où elle les avait trouvés dans le coffre métallique et entreprit de se déshabiller.

Premièrement, elle enleva son t-shirt ainsi que son soutien-gorge avant de laisser son pantalon glisser sur le sol froid, après s'être débarrassée de ses chaussures. Elle se défit de ses chaussettes courtes et, uniquement vêtue d'une petite culotte, elle ouvrit l'armoire où se trouvaient ses vêtements. Elle en profita également pour fouiller dans ceux d'Aldon et décida d'emprunter un de ses t-shirts noirs réglementaires qui, un peu grand pour elle, lui servirait de robe de nuit. Elle plia et rangea les vêtements du jour sur le grand coffre de rangement puis se glissa dans les draps.

Quelques heures plus tard, Aldon revint dans la hutte. Les cheveux encore humides d'être retourné s'entraîner, malgré le fait que cela allait contre tous les principes sur le temps de récupération nécessaire. Il avait eu besoin de se vider la tête, de ne plus penser à rien. Après s'être épuisé au cours de ce second entraînement, il était resté près de trente minutes sous un jet d'eau bouillante. À présent, lessivé par tout le sport effectué durant cette journée, c'était calme qu'il entra dans sa chambre à coucher et découvrit Enora, endormie. Il prit quelques secondes pour la contempler. Elle semblait paisible. Il hésita un moment à dormir par terre mais il devait avouer que cela n'avait rien d'attirant. Silencieusement, il enleva l'intégralité de ses vêtements et sélectionna un boxer, un t-shirt et un pantalon en lin noir qu'il enfila.

Il se dirigea ensuite vers le lit dans lequel il s'installa, en prenant grand soin de ne pas réveiller sa partenaire. Une fois sous les draps, il prit appui sur son avant-bras droit et examina avec attention son binôme.

Malgré le fait qu'Enora et Althéa soient jumelles, aux yeux du jeune homme, il y avait de nombreuses différences entre elles.

Outre un caractère opposé, Althéa avait toujours eu un corps plus robuste, plus musclé, contrairement à Enora dont les membres étaient naturellement fins. Il l'écouta respirer un long moment. À cet instant, il aurait voulu caresser son visage, embrasser ses formes et la posséder entièrement.

S'il en croyait les dires de celle-ci, elle était présente ici pour ça, mais malgré le fait qu'il en avait envie, il s'interdisait de la toucher, et ce, pour deux raisons.

La première était qu'il ne voulait pas profiter de la situation. Elle était bien présente pour satisfaire un membre du GISAR et ça, il ne pouvait pas l'accepter. C'est quelque chose qui le rendait fou de savoir qu'elle était prête à passer la semaine avec n'importe lequel de ses coéquipiers. Rien que d'y penser, il en était malade.

La seconde raison était qu'il était incapable de lui mentir. Il savait que s'il devenait proche d'elle, cela lui serait insupportable de lui cacher la vérité sur la disparition de sa sœur. C'est pour cette raison qu'il tenait à garder au maximum ses distances en attendant que la semaine se soit écoulée.

Néanmoins, cette nuit, en l'observant dans son sommeil, il ne pouvait plus faire semblant. Il était follement attiré par cette femme, souvenir d'une vie qu'il avait laissée derrière lui, souvenir d'un homme dont il n'était plus que l'ombre.

Chapitre numéro dix-huit :

Jumelles

– Doucement, Nora. Tout va bien, c'est fini. Je suis là. Calme-toi.

La voix d'Aldon laissait transparaître son inquiétude. Les images d'Althéa quittèrent progressivement les pensées d'Enora qui reprenait lentement ses esprits.

– Tu vas bien ? s'inquiéta son binôme en essuyant les sanglots qui avaient échappé à la jeune femme au corps moite.

Elle hocha la tête, encore étourdie, leva les yeux et put lire la perplexité dans son regard. Les traits soucieux de son partenaire en disaient long. Ses cris avaient dû le sortir de son sommeil. Elle jeta un coup d'œil à sa gauche et fut surprise de voir la présence d'un pistolet sur le lit.

– Excuse-moi, ça a été mon premier réflexe, lui confia-t-il en replaçant l'arme sous le lit.

Elle déglutit bruyamment. Elle avait encore du mal à réaliser qu'elle cohabitait avec un des chefs de section du GISAR.

– C'est moi qui suis désolée, articula-t-elle d'une voix rauque. Je ne voulais pas t'effrayer.

Protecteur, il glissa avec délicatesse sa main dans ses longs cheveux et inclina sa tête jusqu'à ce que celle-ci se pose sur son épaule.

Enora ne fut pas surprise par son geste bienveillant. Cela faisait entièrement partie de la personnalité de l'adolescent qu'elle avait bien connu. Néanmoins, il était un homme désormais... un homme dont elle ne connaissait rien et dut admettre que le réconfort qu'il lui apportait était le bienvenu.

Après tout ce qu'elle venait d'endurer pour être admise au sein de la ruche, elle avait besoin de tendresse.

Les secondes passèrent, puis les minutes, durant lesquelles Aldon réconforta Enora quand, soudain, l'ambiance devint plus pesante.

Il sentait le corps chaud et humide de sa partenaire contre le sien. Son regard s'égara sur son haut qui, trempé, moulait parfaitement ses formes. S'il avait été question d'un autre binôme, d'une autre jeune femme, il n'aurait pas hésité à lui sauter dessus, mais Enora était hors limites. Il caressa sa joue, attentionné, son cerveau luttant contre ses pulsions. Elle était magnifique.

Évidemment, elle ressemblait à Althéa, il n'allait pas mentir. Elles étaient jumelles, mais à ses yeux, Althéa était la meneuse. Battante, décidée et extrêmement jalouse, elle était la forte personnalité du duo, alors qu'Enora était plus effacée. Généreuse, discrète, douce et attentionnée, elle était le contraire de sa sœur.

Il avait sincèrement aimé Althéa, mais cela semblait avoir été dans une autre vie et, aujourd'hui, dans ce lit aux côtés d'Enora, il ne pensait plus à sa jumelle. Il ne voyait que sa partenaire d'une simplicité et d'une beauté incroyables.

D'ordinaire, dans la ruche, il n'y avait que deux types de femmes qui venaient chercher la compagnie des soldats, celles qui souhaitaient obtenir une situation en devenant des régulières, celles qui, libérées, étaient bien décidées à profiter de leur corps.

Et il était persuadé qu'Enora n'intégrait aucun de ces deux groupes. Elle était venue ici, désespérée, pour une raison qu'il finirait par découvrir. C'était pour cela qu'il devait se montrer fort. Même s'il en mourait d'envie, il s'interdisait de la toucher.

Comme par réflexe, il cessa ses caresses et posa ses lèvres contre la racine de ses cheveux, puis murmura, attentionné :

— Tu devrais essayer de te rendormir.

— Je ne suis plus fatiguée, lui rétorqua-t-elle.

— Tu devrais peut-être te détendre en prenant une douche bien chaude.

— C'est une bonne idée.

— Malheureusement, ici, les douches sont communes.

— Pardon ? manqua-t-elle de s'étrangler.

— Je te rassure, les femmes et les hommes sont séparés, mais ça demande tout de même un temps d'adaptation, lui assura-t-il en esquissant un sourire charmeur.

Elle lui sourit en retour et il lui proposa, une pointe de jalousie dans la voix :

— À cette heure, tu devrais avoir les douches pour toi seule, mais si tu préfères, je peux rester à l'entrée pour éviter que quelqu'un te dérange.

Enora décerna une lueur de possessivité dans son regard qui s'était adouci depuis la veille au soir.

— C'est gentil, mais ça ira, déclina-t-elle son offre,

déstabilisée par leur soudaine proximité.

Entre la chaleur ambiante de la hutte et celle de leurs corps, la jeune femme avait eu raison de se vêtir uniquement d'un des t-shirts d'Aldon et, en quittant les draps, elle s'excusa :

— J'espère que tu ne m'en veux pas d'avoir emprunté un de tes t-shirts pour dormir.

Le militaire la rassura en contemplant discrètement le tissu se collant contre son corps fin, couvrant à peine son postérieur rebondi :

— Il n'y a pas de problème. Tu peux m'emprunter ce que tu veux comme vêtements.

Elle le remercia d'un signe de tête amical en préparant une tenue propre avec laquelle se vêtir après sa douche et il se dressa sur ses jambes.

Vêtu d'un t-shirt et un pantalon en lin noir, elle scruta avec discrétion les courbes parfaites de son corps sculpté. Elle n'aurait jamais imaginé que le joli garçon qu'il était puisse devenir un homme aussi séduisant et son regard la trahit.

— Tout va bien ? la questionna-t-il.

Elle acquiesça et une lueur indéfinissable traversa le regard d'Aldon, qui fit un pas dans sa direction.

— Tu es ici chez toi... jusqu'à dimanche. Après, tu partiras... Tu retourneras auprès de tes parents.

Elle se raidit, à la fois vexée qu'il lui dicte sa conduite de la sorte et troublée par le parfum de sa peau. Ce même parfum dont elle était couverte suite à leur nuit ensemble.

Elle avait beau lutter, elle était dangereusement attirée par cet homme aussi magnifique que directif. Il était chef de section, mais il n'avait aucun droit sur elle. Ils n'étaient pas ensemble et ne le seraient jamais. Elle n'avait donc aucun compte à lui rendre et devait impérativement rester concentrée sur son unique mission du jour : rencontrer son contact pour obtenir l'émetteur lui permettant de communiquer avec les membres de #Rebels.

– Oui, tu me l'as déjà dit, lui signala Enora en faisant preuve de toute l'arrogance dont elle était capable.

Aldon ne sut quoi répondre. Il était dur. Il y était obligé. Il devait se contrôler. Il devait faire en sorte qu'elle parte au plus vite et, entre-temps, il ne devait pas la toucher. Elle ne méritait pas ça. Elle était destinée à plus, bien plus que ce qu'il pouvait lui apporter. Il la regarda quitter la hutte vêtue de son haut, trop grand pour elle, torturé entre l'envie presque irrésistible d'aller la rejoindre dans la douche et le respect des règles qu'il s'était fixé la concernant. Il demeura dans leur chambre au grand désespoir d'Enora qui réalisa qu'elle devait faire abstraction de son attirance pour Aldon et commencer à réfléchir à un autre moyen de sécuriser sa place au sein de la ruche, même si cela signifiait se rapprocher de Pyros.

Chapitre numéro dix-neuf :

Le show

L'eau bouillante s'écoulait sur sa peau lisse et pâle qui rougissait légèrement par endroits.

Enora habitait dans une des provinces privilégiées du Loukarr et auparavant, personne n'avait jamais eu à subir les variations de température d'eau. Mais ces derniers temps, les attaques des résistants avaient régulièrement mis à mal jusqu'à sa distribution, créant un handicap sévère à une quantité importante de concitoyens qui ne manqueraient pas de s'en plaindre aux prochaines élections. De ce fait, la jeune femme prenait un plaisir tout particulier à profiter de cet avantage dont bénéficiaient les habitants de la ruche.

Une fois propre, elle coupa le puissant jet d'eau qui avait rempli la pièce d'eau d'un épais nuage de vapeur et, après avoir essoré grossièrement sa chevelure, elle saisit une des serviettes blanches mises à disposition des habitants et visiteurs du GISAR.

Soudain, des bruits étranges attirèrent son attention. Elle s'enveloppa dans la serviette, laissant ses cheveux mi-longs retomber sur son épaule gauche. Des claquements, comme si quelqu'un tapait son pied sur le sol humide, c'est ce qu'elle percevait. Les bruits s'accélérèrent et l'intervalle entre eux devint minime. Elle décida de s'approcher de la provenance des sons auxquels vinrent s'ajouter des gémissements étouffés. Le cœur battant la chamade, elle entra dans la pièce adjacente qui n'était autre que la salle de douches mise à disposition des hommes. Toujours dissimulée par la vapeur d'eau qui s'était répandue en partie dans cette salle, Enora découvrit un couple. La jeune femme aux cheveux dorés avait les paumes plaquées contre le mur carrelé tandis que son compagnon l'entreprenait avec vigueur. Surprise, le premier réflexe de la jeune femme fut de baisser les yeux et de faire demi-tour, mais alors que les bruits s'intensifiaient, elle se figea, écoutant avec attention les cris que poussait désormais la partenaire, implorant son binôme d'accélérer le mouvement.

– Comme ça, tu aimes ? lui demanda son compagnon en changeant le rythme déjà soutenu de leurs ébats.

– Plus fort, le supplia la jeune femme dans un râle.

Coupable, Enora se mordit la lèvre en sentant son entre-jambe se contracter, puis pivota vers le couple. Il avait posé une main sur l'épaule de sa partenaire et, malgré l'épais rideau de vapeur, Enora pouvait encore parfaitement admirer les mouvements rapides et puissants du bassin qui venaient fouetter la croupe rebondie du binôme. Sa respiration s'accéléra.

– Plus vite ! exigea la blonde.

La spectatrice avait le souffle court et la gorge sèche, mais ses yeux étaient fixés sur les mouvements brusques du militaire qui, en entendant l'injonction de sa partenaire, caressa de sa main libre son clitoris gonflé.

Enora déglutit avec difficulté et, alors que ses battements de cœur s'intensifiaient, elle contempla le couple exploser, d'abord elle, mais il ne tarda pas à la suivre, effectuant quelques mouvements supplémentaires dans sa chair tendre.

– Tu es une vraie petite coquine à ce que je vois, lui fit remarquer une voix masculine dans son dos, la faisant sursauter.

Enora fit volte-face. Par miracle, elle n'avait pas émis un son, mais ses joues rouge sang dévoilaient sa gêne d'avoir été surprise dans de telles circonstances. Il s'agissait de Pyros qui ne manqua pas de la taquiner :

– Je n'aurais pas cru que c'était ton genre, mais ça me plaît.

– Je... Je..., bafouilla Enora, mortifiée et incapable de construire une phrase correcte.

– Je sais que ce n'est pas ton genre, la coupa-t-il à nouveau sérieux. Je vois bien que tu es toute retournée par ce que tu viens de voir.

Elle était à la fois rassurée de l'avoir convaincu qu'elle n'avait pas pour habitude d'observer d'autres couples s'envoyer en l'air, et extrêmement mal à l'aise de se trouver devant lui, uniquement vêtue d'une serviette de bain.

– Je vais y aller, balbutia Enora en tentant de détourner son regard du corps du militaire.

Pyros, une serviette en éponge enroulée autour de la taille, prenait malgré lui un malin plaisir à jouer avec cette candidate qui contrastait tant avec celles qu'il avait obtenues lors des précédentes sélections.

– En effet, tu devrais. Après tout, tu es dans les douches des hommes, s'amusa le jeune homme en s'approchant de la candidate numéro treize.

Enora plongea son regard dans le sien, son corps toujours

grisé par le spectacle auquel elle venait d'assister. Il s'approcha d'elle avec une assurance toute naturelle.

– N'oublie pas ma proposition, elle tient toujours, lui murmura-t-il à l'oreille.

Enora ne savait pas si elle devait le repousser ou s'offrir à lui. Après avoir passé la nuit auprès d'Aldon et avoir assisté aux ébats passionnés d'un couple frivole, son corps, encore brûlant de la douche, se liquéfiait sur place et Pyros le savait. Il voyait à quel point elle était inexpérimentée. C'était aussi pour cette raison qu'il la voulait. Il devait la séduire, la posséder. Il savait qu'il lui faisait de l'effet mais pas de manière aussi puissante que ce qu'elle provoquait chez lui. Et puis, il y avait Aldon. Avec quatre cents crédits, il était impossible qu'il ne soit pas prêt à tout pour la garder.

– Tu vas penser à ma proposition, pas vrai ? la questionna-t-il dans un souffle.

Elle hocha la tête, obéissante. Il était si proche d'elle qu'elle respirait son odeur et pouvait presque toucher sa peau luisante.

– Dis-moi que tu vas y penser, la défia à nouveau Pyros en se collant contre la candidate.

– Je...

Mais lorsqu'il caressa son épaule nue de sa main puissante, la jeune femme ferma les yeux sous cette attaque qui, elle devait l'avouer, provoqua du plaisir à son corps avide de caresses.

– Penses-y, lui demanda-t-il une dernière fois, séducteur, et lui avoua ensuite, j'ai hâte d'être dimanche pour que tu sois mienne.

Enora retrouva ses esprits et se dégagea de son étreinte avant de disparaître dans la salle de douches des femmes, excitée au possible.

À son retour dans la hutte, Enora fut peinée de découvrir qu'Aldon avait disparu. Elle s'en voulait des sensations que son corps ressentait pour cet homme qui semblait l'ignorer totalement. Il s'était pourtant montré très attentionné suite à son cauchemar, mais le reste du temps, il était, à la fois, extrêmement protecteur et totalement distant avec la jeune femme. C'était le feu et la glace, et Enora ne savait qu'en penser. Son comportement était impossible à décoder.

– Tu es là ? demanda une voix féminine dans la première pièce de la hutte.

Elle n'eut aucune difficulté à deviner qu'il s'agissait de Myras et la rejoignit dans la partie salon-salle à manger.

Les deux amies s'enlacèrent et Enora fut surprise de découvrir les vêtements que lui avait apportés Myras.

– Mais qu'est-ce que c'est que tout ça ? s'étonna la novice en souriant.

– Je viens régler ton problème de garde-robe, l'informa Myras en pointant du doigt la serviette blanche en éponge qui habillait Enora.

– Quoi ? Tu n'aimais pas ma tenue d'hier ?

– Euh bébé, tu es mignonne, mais demain soir a lieu la grande soirée annuelle du GISAR et il est hors de question, je dis bien HORS DE QUESTION, que tu te pointes dans cette tenue... La moitié des filles présentes voulaient Aldon et c'est toi qu'il a choisie. Laisse-moi seulement te dire que tu ne t'es pas fait des amies, ici.

— En quoi consiste cette soirée ? demanda la novice, désireuse d'en savoir davantage.

— Les membres privilégiés ainsi que des soldats, ceux de la seconde garnison, sont invités dans le hangar numéro quatre qui est aménagé pour qu'on puisse manger, boire, profiter tout simplement, mais pour nos hommes, cette soirée représente bien plus. C'est le moment parfait pour prouver qu'ils sont meilleurs que les autres. Du coup, certains parient, d'autres jouent tous leurs crédits au Tiavro ou se battent. C'est aussi une soirée durant laquelle les candidates peu satisfaites de leur binôme essaient d'en séduire d'autres... si tu vois ce que je veux dire. Il est donc de notre devoir de sécuriser nos places auprès de nos hommes, la mit en garde Myras en souriant, avec cette assurance folle qu'elle dégageait constamment.

Enora lui sourit en retour. Il s'agissait de l'occasion parfaite pour elle d'aller à la recherche d'information sur sa sœur et sur toutes informations intéressantes qu'elle pourrait transmettre prochainement aux cyber-résistants de #Rebels.

— Tu n'étais pas au courant ? Aldon ne t'en a pas parlé ? s'étonna la régulière de Lucius.

La novice se mordilla la lèvre avant de lui avouer, embêtée.

— Entre Aldon et moi, les choses ne se sont pas tout à fait passées comme prévu.

— Qu'est-ce que tu veux dire pas là ?

— Il ne... Il ne s'est rien passé entre nous.

— Tu veux dire que vous n'avez pas couché ensemble ? fut surprise d'apprendre Myras.

— Nous n'avons rien fait. Nous avons simplement dormi.

— C'est complètement fou ! Après avoir dépensé autant de crédits, je pensais qu'il t'aurait fait ta fête toute la nuit. Je m'attendais à ce que tu ne puisses presque plus marcher, plaisanta la régulière sous le choc. Tu as fait ou dit quelque chose qui ne lui aurait pas plu ?

— Je ne pense pas, mais je peux difficilement en être certaine, lui confia la novice.

Myras sembla pensive un instant.

— Qu'est-ce qu'il y a ? s'enquit Enora.

— Peu importe comment les choses se sont déroulées entre vous, hier soir. C'est demain soir que tu vas devoir assurer. Tu devras parvenir à le séduire sans laisser entrevoir le fait que vous n'avez encore rien fait ensemble, sinon les autres candidates vont lui tomber dessus et tu risques de perdre ton binôme.

— Je ne vais pas y arriver, lui confia la novice, désespérée.

— Mais bien sûr que si, lui assura Myras en riant, et je vais t'aider... Premièrement, on va s'occuper de ce désastre vestimentaire.

Chapitre numéro vingt :

Visite guidée

Enora avait des difficultés à se reconnaître. Vêtue d'un top sans manches noir près du corps et d'un minishort de couleur camouflage, le contraste avec sa précédente tenue était intense. Aux pieds, elle arborait une paire de boots usées sombres qui lui montaient jusqu'à la cheville, également prêtée par Myras qui contemplait, très satisfaite, le changement qu'elle avait amorcé chez la novice, la poussant à abandonner la petite fille sage et à assumer pleinement son corps de femme séduisante.

— Tu es certaine que ça ne fait pas trop ? douta Enora en indiquant les deux traits noirs fumés qui mettaient en valeur ses grands yeux.

— Tu as déjà refusé de mettre du rouge à lèvres, se plaignit Myras en la mettant en garde, tu as intérêt à te servir de tout ce que je t'ai laissé, et ce, particulièrement demain soir.

— Mais je ne me sens pas à l'aise dans ce type de vêtements, j'ai l'impression de ne rien porter.

— Regarde-moi, la commanda la régulière en souriant. Tu peux me faire confiance, il aimera ta tenue et il n'aura qu'une envie, te sauter dessus, lui promit-elle en se rapprochant du groupe des nouvelles candidates avec lesquelles elles effectuaient le tour des lieux.

— Pourquoi fais-tu la visite guidée avec moi ? Tu connais

déjà cet endroit comme ta poche, chercha à comprendre Enora.

– À ton avis..., chuchota-t-elle en lançant un regard amusé à Lucius. Il est hors de question que je le laisse seul en compagnie de femelles en chaleur. Je préfère l'avoir à l'œil.

– C'est toujours lui qui joue les guides ? l'interrogea son amie à haute voix.

– Ils le font chacun leur tour, cette fois-ci, c'est lui qui était désigné.

– Je voulais encore te remercier pour les vêtements et le maquillage. Je suis heureuse de t'avoir rencontrée, ajouta la novice, reconnaissante.

– Moi aussi je suis contente de t'avoir dans le coin. À ton avis, pourquoi je veux que tu parviennes à convaincre Aldon de te prendre pour régulière... Je ne veux pas me retrouver seule à nouveau.

– Tu sais si Aldon a déjà eu une régulière depuis qu'il est chef de section ?

– Il n'a jamais gardé une candidate plus de sept jours. Je crois qu'il a peur de s'attacher ou alors il aime le changement. C'est pour cette raison que tu dois mettre le paquet à partir de maintenant et lui en mettre plein la vue.

Après leur avoir présenté les différents espaces communs tels que les sanitaires, la cuisine, les deux salons et bien d'autres endroits mis à disposition des candidates, Lucius les emmena à l'infirmerie.

Enora fut surprise de découvrir qu'il ne s'agissait pas d'une petite pièce avec un seul infirmier, un stéthoscope et un vieux thermomètre. Ce que les membres du GISAR appelaient l'infirmerie était en réalité un vaste cabinet médical possédant même son propre laboratoire.

– Hier, vous avez toutes reçu une ou plusieurs injections, leur remémora Lucius. C'est dans cet endroit que celles-ci avaient été préparées.

– D'autres examens sont-ils effectués dans ces locaux ? lui demanda Enora, curieuse.

– Les résidents de l'équipe médicale gèrent la vaccination de l'intégralité des membres du GISAR. Il leur arrive également d'effectuer des tests sanguins mais, en ce qui vous concerne, ils sont surtout disponibles pour tout examen médical ou pour toutes questions concernant le type de contraceptif qui vous a été administré hier.

– Si on désire un rendez-vous, comment doit-on s'y prendre ? le questionna une des autres candidates présentes.

– Les heures des consultations sont renseignées sur le tableau d'affichage du premier salon que nous avons visité. Il vous suffit ensuite de vous rendre ici et un des médecins de garde s'occupera de vous.

Soudain, le regard d'Enora fut attiré par une silhouette familière à l'intérieur du laboratoire vitré et elle fut plus que surprise d'y reconnaître l'un des médecins présents, la sœur d'Aldon.

– Becca, murmura la novice pour elle-même.

Comment était-il possible qu'Aldon lui dissimule la présence de sa sœur aînée ? Sachant pertinemment qu'elles avaient toujours eu de très bons rapports, pourquoi ne lui avait-il rien dit ? Cherchait-il à la faire souffrir ? La détestait-il à ce point ?

Enora ne détacha pas son regard du médecin qu'elle avait bien connu et remarqua que Becca semblait aussi surprise qu'elle.

– Continuons la visite, proposa Lucius que Myras ne quittait pas des yeux.

La novice ne pouvait décemment pas quitter le groupe pour aller saluer la sœur de son binôme et échanger quelques mots, mais elle se promit de trouver un moment, dans les jours à venir, pour lui rendre visite.

"Où allons-nous maintenant ?" demanda une des candidates à leur guide.

– À l'endroit où vous voulez toutes vous rendre..., s'amusa Lucius. La salle d'entraînement.

Cette information provoqua les gloussements des participantes de la visite, excitées d'aller contempler leurs binômes.

– Je vais rejoindre Lucius en tête de groupe, tu m'accompagnes ? proposa Myras à sa nouvelle amie.

– Non, c'est gentil. Va un peu près de lui, l'encouragea la novice avec un sourire sincère en la regardant disparaître vers l'avant de la troupe en mouvement.

Seule en fin de groupe, Enora fut extrêmement surprise de s'apercevoir qu'une jeune femme venait de rejoindre la visite. Elle ignorait encore le nom de la plupart des candidates et des régulières ainsi que l'identité de leurs binômes respectifs mais, elle en était certaine, cette jeune femme était une régulière. Sans la quitter des yeux, la novice remarqua que celle-ci ralentissait progressivement le pas et elle la rejoignit rapidement.

– Salut, moi c'est Enora, se présenta la candidate numéro treize par politesse.

– Brigis, lui répondit sévèrement la régulière. Tu sais pourquoi je suis là, pas vrai ?

– ...

– Oh mon Dieu, pourquoi ils continuent de nous envoyer des amateurs ? se plaignit-elle à voix basse.

Enora comprit alors l'unique raison de sa présence.

– Tu es ici pour me transmettre l'émetteur ? Je croyais que c'était un des gardes qui devait s'en charger.

– Changement de plan. Et inutile de me poser plus de questions, je fais seulement ce qu'on me dit. Tu as un endroit où le dissimuler ?

– Je vais me débrouiller, lui assura la novice en vérifiant que personne ne leur prêtait attention.

– J'espère qu'il est bien clair que si tu te fais prendre en possession de cet objet, tu en assumeras l'entière responsabilité et tu ne citeras jamais mon nom...

Enora hocha la tête.

– Tiens, dans ce cas.

Elle lui transmit l'appareil avec discrétion.

En recevant l'objet rectangulaire dans les mains, Enora

s'abaissa et dissimula le dispositif dans sa bottine gauche en faisant semblant de refaire ses lacets.

— Si j'ai des questions, c'est à toi que je dois m'adresser ? demanda la novice en se redressant, mais Brigis avait déjà quitté le groupe qui arrivait à la salle d'entraînement principale.

Chapitre numéro vingt et un :

Oui, chef

"On ne naît pas agent du GISAR, on le devient ! " s'écria Aldon aux soldats de la première garnison avec lesquels il effectuait des pompages à un rythme soutenu.

– Pourquoi nous entraînons, soldats ? leur demanda le chef de section.

– Souder l'équipe, créer un esprit de cohésion et repousser nos limites, chef, s'écria la garnison d'un seul homme.

– Et que faut-il pour réussir l'entraînement, soldats ?

– Une bonne hygiène de vie, un esprit d'équipe, du dépassement de soi et de la rigueur, chef, rétorquèrent-ils en cœur.

– Très bien, les félicita Aldon en clôturant la série de pompages. On passe aux abdominaux, les informa-t-il.

Mais à peine avait-il commencé ce nouvel exercice qu'Aldon croisa le regard de son binôme qui le dévisagea un long moment. En admiration devant le corps svelte et musclé de son partenaire, Enora s'en voulut immédiatement de l'avoir regardé aussi longtemps mais cela avait été plus fort qu'elle. Chaque partie de son corps semblait avoir un pouvoir d'attraction sur elle, l'empêchant de penser à autre chose qu'à ses larges épaules, son buste bombé, ses abdominaux taillés, ses hanches puissantes,...

Enora devait reprendre le contrôle et, alors qu'Aldon demeurait immobile depuis plusieurs longues secondes, il lui fit signe de venir le rejoindre.

Elle hésita un instant avant de se mettre en route dans sa direction.

Le trajet qui les séparait n'était pas particulièrement important mais Enora pouvait sentir les regards méprisants des candidates qui avaient tant souhaité être sélectionnées par Aldon se poser sur elle.

Soudain, à peu près à mi-parcours, Pyros s'éloigna de ses hommes qui continuaient à s'entraîner et vint saluer Enora, sous le regard furibond d'Aldon qui ne manquait rien de la scène.

— Rebonjour, l'accosta Pyros.

Terriblement embarrassée, la novice ne sut pas comment réagir et le salua à son tour d'un baiser sur la joue, provoquant à coup sûr les foudres de son partenaire.

— Tu devrais peut-être te montrer plus discret avec les binômes de tes coéquipiers, lui suggéra Enora à voix basse.

Pyros émit un rire cristallin.

— Aldon et moi ne sommes pas coéquipiers... nous sommes adversaires, rectifia-t-il tandis qu'un sourire enjôleur étirait ses lèvres fines, dévoilant deux rangées de dents blanches. Je m'assure seulement qu'il est bien au courant de ça.

— Si ce n'était pas le cas, je crois que c'est fait désormais, lui assura la candidate, sur qui tous les regards étaient braqués, avant de continuer son chemin vers son binôme aux traits sévères.

Lorsqu'elle arriva à sa hauteur, Aldon l'attrapa par la taille et l'attira vers lui en immobilisant ses bras pour l'embrasser mais elle dévia légèrement la tête et reçut son baiser sur le coin des lèvres.

— Tu m'en veux d'être parti ce matin ? demanda-t-il à sa partenaire sur un ton agacé. Je n'avais pas le choix, je devais m'entraîner, ajouta-t-il, irrité de devoir se justifier.

— Pourquoi ne m'as-tu pas dit que Becca était ici ? le coupa-t-elle d'une voix brisée.

— Pourquoi m'as-tu caché que tu connaissais Pyros ?

Quand il prononça ces mots, Enora sentit son estomac se serrer et, pour dissimuler son trouble, elle s'esclaffa :

— Mais de quoi tu parles ?

Ses yeux lui lançaient des éclairs.

— Je vois bien la façon dont il te regarde. Réponds à ma question.

Anxieuse, elle le regarda droit dans les yeux.

— Je ne le connais pas, je sais seulement que je lui plais.

— Tu es avec moi, clarifia-t-il la situation.

Son ton, froid et menaçant, l'impressionna, mais elle comptait bien ne pas se laisser faire.

— Seulement quand il y a du monde autour de nous, lui reprocha Enora, tremblante, avant de continuer plus calmement. Le reste du temps, tu m'ignores.

— Je ne veux pas qu'il te touche, tu comprends ? lui commanda-t-il d'une voix étranglée.

Elle acquiesça, soumise, et il se pencha vers elle pour déposer un baiser sur sa tempe en chuchotant :

"Pour Becca, je suis désolé. J'aurais dû t'en parler.

Enora croisa à nouveau le regard du militaire dans lequel elle pouvait lire de la tristesse, mais aussi des secrets. Elle connaissait ce sentiment, elle aussi avait les siens et, pendant un instant, elle s'en voulut de lui reprocher son manque d'honnêteté alors qu'elle-même lui cachait jusqu'à la raison de sa présence dans la ruche.

— Tu as changé de tenue, remarqua Aldon en contemplant les courbes de sa partenaire. Ça te va bien, finit-il par la complimenter en posant la main sur le creux de ses reins.

Il avait besoin de montrer à tous qu'elle lui appartenait. Il n'avait jamais été possessif avant ce jour et ses hommes, eux-mêmes, furent surpris de son comportement.

— Vous ne nous présentez pas, chef ? l'apostropha un des soldats de la première garnison qui l'accompagnait souvent en mission.

— Qui vous a dit de faire une pause, soldat ? lui rétorqua Aldon en remarquant qu'ils avaient tous cessé de s'entraîner.

— Tu t'entraînes avec eux ? s'étonna Enora en remarquant que sa tenue était trempée.

— Tout le monde doit se montrer au mieux de sa forme et les chefs de section encore plus... mais tout le monde ne pense pas comme moi, l'informa-t-il en faisant allusion à Pyros qui avait pour philosophie de ne jamais s'entraîner avec ses hommes.

– C'est votre binôme, chef ? coupa un autre soldat. Mademoiselle est ravissante.

– Ça fait cinquante pompes pour toi, soldat, le punit Aldon en riant, amusé.

– Je dis seulement la vérité, chef, continua-t-il. Vous avez bon goût, chef.

– Ça fait cent pompes, soldat, et si tu dis encore un mot, ce sera pour tout le monde.

Enora étouffa un rire tandis que la troupe comptait les pompages du soldat réprimandé.

– On se voit tout à l'heure ? lui demanda-t-il en caressant le dos de sa partenaire qui frissonna de plaisir. On pourra parler de Becca plus tard, si tu le souhaites.

– D'accord, lui répondit Enora alors qu'un sourire ravageur se dessinait sur les lèvres de son binôme. Tu pourrais peut-être arrêter sa punition et le dispenser de faire des pompes ?

Aldon rit et s'écria, amusé :

– C'est bon, soldat. Mademoiselle a jugé que tu ne méritais pas mon châtiment.

Le soldat stoppa et la remercia :

– Merci, Mademoiselle.

– Allez, tout le monde reprend l'entraînement, décida Aldon en rejoignant son groupe alors qu'Enora rejoignait celui des candidates. Et celui qui regarde dans sa direction me fait mille pompes, c'est compris ?

— Oui, chef, s'écria la troupe de soldats en sueur d'une seule voix.

Chapitre numéro vingt-deux :

J'ai hâte

Une fois la visite terminée, Enora avait fait la connaissance de Lucius qu'elle avait chaleureusement remercié pour ses talents de guide et avait regagné la hutte qu'elle occupait avec son binôme.

Enfin seule, la jeune femme se défit de ses bottines dans une desquelles se trouvait toujours l'émetteur transmis par Brigis. Jusqu'ici, elle n'avait pas encore eu le temps d'y jeter un coup d'œil et, préférant s'exiler dans la chambre, elle s'installa sur le lit pour étudier l'objet à son aise.

Confortablement installée au centre du lit, Enora, dont les genoux étaient repliés contre sa poitrine, s'étonna de la petite taille de cet émetteur qui ressemblait à une minuscule télécommande. L'objet était composé d'un écran et de deux touches. La jeune femme se risqua à appuyer sur la touche de gauche et l'écran s'éclaira légèrement, affichant deux options : "Boîte de réception (0)" et "Envoyer un message". Enora pressa la touche de droite, ce qui ouvrit un écran texte lui permettant d'écrire un message. Elle réfléchit un instant et inscrivit quelques mots dans l'espace attribué qui s'avéra particulièrement court. Toutes les communications entre les résistants se faisaient toujours en anglais, langue interdite depuis près de dix ans par une des premières lois votées par le gouvernement dans le cadre de leur politique d'isolement du reste du monde. Sa seule utilisation était considérée comme un acte de résistance.

Heureusement, Enora avait appris l'anglais au début de ses études à l'Institut des Histoires mortes. Une fois son message terminé, deux nouvelles options se présentaient à elle : "Envoyer le message" ou "Annuler". Elle sélectionna la première proposition et une notification "Message envoyé" apparut sur l'écran.

"Ça y est, j'y suis arrivée" pensa Enora, fière de ce qu'elle venait d'accomplir, car ce message signifiait qu'elle était désormais un membre actif du réseau résistant. Elle était un agent dormant au sein de la ruche, informatrice du plus grand réseau social de la résistance, #Rebels. Elle allait réellement pouvoir faire la différence. Au sein des installations du GISAR, elle était désormais capable d'obtenir des informations confidentielles et d'aider les résistants dans leur lutte active.

Pendant un instant, elle aurait voulu pouvoir contacter ses parents et leur annoncer la nouvelle. Car, avant tout, si elle faisait tout ça, c'était pour eux et pour sa sœur... Althéa...

Enora venait de remplir la première part du contrat qu'elle avait conclu avec les résistants afin que ceux-ci l'aident à obtenir des informations concernant sa jumelle disparue.

Heureuse, Enora émit un rire cristallin en s'étendant sur le lit. Elle allait retrouver sa sœur. Elle allait y arriver. Contrairement à ce que tout le monde pensait, elle en était capable.

Elle jeta un nouveau coup d'œil à l'émetteur. À présent, elle devait être patiente et attendre que les membres de #Rebels lui attribuent une mission. Elle devait également assurer sa place au sein du GISAR, c'était son unique priorité et, pour cela, elle devait convaincre Aldon de la prendre comme régulière... ou trouver quelqu'un d'autre pour le faire.

Depuis son arrivée, Aldon s'était montré distant et froid mais Enora devait admettre avoir été extrêmement attirée par cet homme pour lequel elle avait toujours eu le béguin. Toutefois, l'attirance ne semblait pas être réciproque et, hormis lors de sa visite à l'entraînement, il avait prêté une attention toute particulière à garder ses distances avec la jeune femme.

Enora se demanda alors si la raison de son comportement n'était pas Althéa. Le fait qu'il ait été en couple avec sa sœur, plusieurs années auparavant, l'empêchait sûrement d'être avec elle aujourd'hui. Déjà à l'époque, la relation entre Aldon et sa jumelle avait été chaotique mais, malgré ses sentiments, Enora n'avait jamais fait part de son attirance au jeune homme. Selon elle, il était normal que celui-ci ait choisi Althéa, qui était meilleure dans tous les domaines que sa sœur. Extravertie, brillante, culottée, courageuse et sûre d'elle. Face à sa sœur, Enora ne pouvait rivaliser. C'était peut-être encore ce qui se passait aujourd'hui...

Aldon ne devait pas avoir encore renoncé à Althéa.

Après tout, qui était-elle pour espérer lui plaire ? À lui, qui pouvait avoir toutes les femmes qu'il désirait. Pourquoi l'aurait-il choisie, elle ? Elle s'était fait des illusions. Il était trop bien pour elle. Cet homme lui était inaccessible. Pourtant, elle devait devenir sa régulière...

Elle allait devoir le séduire sans avoir le cœur brisé au passage. Car, malgré l'attirance irrésistible qu'elle ressentait à son égard, elle ne devait pas tomber amoureuse. Elle ne devait pas s'investir émotionnellement et, surtout, sentimentalement.

Elle devait rester concentrée sur ses missions :

— Protéger son identité tout en fournissant les membres de #Rebels en informations.

— Retrouver sa sœur.

— Séduire Aldon afin de rester dans la ruche.

— Et surtout, NE PAS TOMBER AMOUREUSE !

Elle ne devait penser à rien d'autre.

Soudain, un bruit la fit sursauter. Immédiatement, la jeune femme dissimula l'émetteur dans une des poches de son short et alla voir de qui il s'agissait.

– Aldon, fut-elle surprise de découvrir. Je ne t'attendais pas si tôt.

– J'espère que c'est une bonne surprise ?

– Évidemment, lui confia-t-elle en rougissant légèrement. Ton entraînement est fini ?

– Normalement non mais j'y ai mis un terme juste après ton départ.

– Pourquoi ? demanda-t-elle.

Il s'approcha.

– Je voulais me dépêcher de filer sous la douche pour passer un peu de temps avec toi.

Elle sourit, ravie d'apprendre une telle chose.

– Je ne savais pas que tu avais fini par apprécier ma présence dans la ruche.

Il réfléchit à sa réponse qui ne tarda pas.

— Ce n'est pas que je n'apprécie pas ta présence, c'est seulement que ça fait remonter beaucoup de souvenirs et de sentiments à la surface... Je n'y étais pas préparé.

— Qu'est-ce qui a changé ?

— Rien. C'est seulement que j'essaie de profiter simplement de ta présence, sans trop me poser de questions. Je m'efforce de maîtriser mes interrogations sur la raison de ta venue ou d'autres choses. Je veux juste passer un bon moment avec toi, admit-il.

— Un bon moment ? le reprit-elle en venant se placer, un peu maladroitement, contre lui.

Le chef de la troisième section passa la main dans ses cheveux puis caressa son visage. Sa grande taille lui donnait un avantage certain et lui aurait permis de prendre le dessus sur elle en un instant mais il était doux avec son binôme.

— En effet... un très bon moment..., répéta-t-il avec, comme seules envies, l'embrasser et lui faire l'amour pendant des heures.

Enora sentit les battements de son cœur s'accélérer et ses mains devenir moites.

— Moi aussi, c'est ce que je veux, murmura-t-elle, coupable, l'autorisant à lui faire tout ce qu'il désirait.

Aldon saisit son menton pointu et s'avança lentement pour l'embrasser. Mais alors qu'ils sentaient leurs souffles s'unir, un message d'information fut diffusé dans la hutte, interrompant leur moment.

"La section numéro trois et son responsable sont attendus d'urgence à la salle de réunion pour le briefing de la mission 14-075", les avertit une voix robotique.

– Non, se plaignit le jeune homme.

– Non, murmura à son tour Enora avant de l'interroger. Tu penses que cela durera longtemps ?

– Heureusement, cela devrait être relativement court.

– On se voit très vite, dans ce cas ? le sonda-t-elle en souriant, impatiente.

– On se voit très vite..., lui rétorqua Aldon en caressant à nouveau sa joue.

– J'ai hâte.

– Moi aussi, lui confia-t-il avant de quitter la hutte.

Chapitre numéro vingt-trois :

Althéa

À peine Aldon venait-il de quitter la hutte qu'Enora sentit une présence auprès d'elle.

— Becca, s'étonna la candidate numéro treize en prenant le médecin dans ses bras fins.

— Nora, ça me fait tellement plaisir de te revoir, lui avoua la sœur de son binôme en lui rendant son étreinte.

— Que fais-tu là ? l'interrogea la jeune femme en l'invitant à s'asseoir à la petite table qui se trouvait dans la hutte.

— J'ai appris que la troisième section était appelée en mission et je me suis dit que c'était l'occasion parfaite pour venir discuter avec toi… Après toutes ces années, tu n'as pas changé.

— Un peu quand même, la contredit la jeune femme en lui prenant la main. Dis-moi, comment vont tes parents ?

— Ils ont été particulièrement affectés par la décision d'Aldon de rejoindre le GISAR. Tu sais, ils ont beau être âgés, ils gardent des cœurs de résistants. Ça a été très dur pour eux d'accepter que leur fils désirait rejoindre un État totalitaire contre lequel ils étaient si fermement opposés depuis tant d'années, admit-elle à voix basse.

— Et toi ? Que fais-tu ici ? Je pensais que tu utiliserais tes connaissances en médecine à d'autres fins…

— Je voulais suivre Aldon. Je n'ai jamais vraiment vécu sans lui et il était dans un tel état après ce qui s'est passé avec Althéa…

— Oui, concéda Enora, la voix tremblante. Sa disparition nous a tous ébranlés.

— Sa disparition ? chercha à comprendre Becca, perdue.

— Que veux-tu dire ?

— Je pensais qu'Aldon t'en aurait parlé…

— Parler de quoi ?

— Tu devrais peut-être lui demander… à lui, lui suggéra Becca en se redressant sur ses jambes, réalisant qu'elle venait de commettre une terrible erreur.

— Je t'en supplie, Becca, tenta-t-elle de la faire parler. Si tu sais quelque chose sur Althéa, tu dois me le dire, la supplia Enora.

— C'est juste que, quand tout ça est arrivé, Aldon n'en pouvait plus. Il était rongé par la culpabilité. Il ne croyait pas en la disparition d'Althéa et voulait savoir ce qu'il lui était arrivé.

— C'est pour cette raison qu'il a intégré le GISAR ?

La sœur aînée du soldat acquiesça, le visage triste.

— Qu'a-t-il découvert ? demanda soudain la candidate, les yeux au bord des larmes.

— Qu'elle… qu'elle avait été assassinée par les résistants.

Les mots de Becca transpercèrent la poitrine d'Enora qui sentit son cœur se briser en mille morceaux.

– Je ne peux pas le croire, dit la jumelle dans un murmure presqu'inaudible.

– Je n'aurais pas dû t'en parler, regretta immédiatement le médecin en voyant l'immense tristesse qui envahissait le visage de la jeune femme. Je devrais partir.

Sous le choc de cette révélation insensée, Enora ne tenta pas de la retenir et se contenta de demeurer immobile tandis que Becca quittait la hutte.

Comment était-ce possible ?

Était-ce imaginable qu'Aldon sache ce qui était réellement arrivé à Althéa et qu'il n'ait jamais eu le courage de lui dire la vérité ?

Enora fondit en larmes.

Althéa n'était pas morte. Cela était impossible ! Sa jumelle était toujours en vie !

La candidate courut vers la chambre et jeta sa petite valise rouge sur le lit. Dans un terrible mélange de rage, de peine et de désespoir, Enora jeta grossièrement ses affaires dans son bagage et le ferma avec violence. Elle ne supportait plus d'être là. Elle avait eu tort de venir dans la ruche. Elle n'était pas assez forte. Elle pleurait désormais à chaudes larmes et ne parvenait plus à voir clair. Elle ne réfléchissait plus et désirait uniquement quitter cet endroit. Elle devait rentrer chez elle, MAIN-TE-NANT !

Elle saisit sa valise et courut hors de la hutte. Elle allait rentrer à la maison.

Traversant la ruche à une allure folle, Enora arriva rapidement près de l'entrée principale où elle percuta brutalement Pyros qui la retint juste à temps pour qu'elle ne chute pas. Sa valise, quant à elle, tomba sur le sol, éparpillant les quelques affaires qu'elle contenait aux pieds du soldat qui s'inquiéta :

— Tout va bien ?

La jeune femme, qui se dépêchait de rassembler ses affaires dans sa valise, lui mentit :

— Ça va... je veux juste rentrer chez moi, se justifia-t-elle.

Le soldat saisit le visage de la candidate dans ses mains. Il était évident qu'elle pleurait. Les traces de maquillage, qui avait coulé le long de ses joues, la trahissaient.

— C'est à cause d'Aldon, explosa-t-il. Je vais le faire payer.

— Non, le retint-elle, suppliante. Ce n'est rien.

— Ça a l'air plus grave que ce que tu veux bien admettre.

— Je veux seulement rentrer à la maison. Cet endroit, ce n'est pas fait pour moi.

— Viens, parlons-en deux minutes, l'attira-t-il dans un couloir plus tranquille, en portant sa valise. Il est hors de question que tu t'en ailles dans un état pareil. Je veux d'abord qu'on en discute.

Elle soupira, tentant de retenir en vain les vagues de larmes qui ne cessaient de la submerger.

— Je... C'est juste que... je ne suis pas assez forte... pas assez forte pour cet endroit.

Pyros la prit dans ses bras puissants et elle devait admettre être surprise par cet élan de tendresse qui lui fit le plus grand bien.

— Tout va bien, la rassura-t-il en la serra davantage contre sa poitrine. Je suis là.

Enora ne pouvait plus se retenir et craqua littéralement. La jeune femme demeura un long moment dans les bras du jeune homme, pleurant aussi fort que possible, trempant le t-shirt du soldat.

— Je suis désolée, s'excusa-t-elle.

Il rit, majestueux.

— Tu en avais besoin. Tu veux me parler de ce qui s'est passé ?

— Je ne peux pas...

— C'est à propos d'Aldon ? Il t'a fait quelque chose ? demanda-t-il en serrant les poings.

— Non... enfin si... mais ce n'est pas ce que tu crois... Il s'agit de ma sœur.

— J'ignorais que tu avais une sœur.

Enora fut traversée par un frisson d'effroi en réalisant qu'elle en avait déjà bien trop dit à cet homme qui était, lui aussi, un chef de section du GISAR.

— Sache que je suis là pour toi, lui rétorqua-t-il en remarquant son air paniqué et posa une main dans son dos.

— Merci, mais je vais rentrer chez moi, lui murmura-t-elle.

— Tu es certaine ?

— Cet endroit n'est pas fait pour moi. Je ne suis pas assez forte.

Pyros gloussa joyeusement.

— Tu ne cesses de répéter ça, mais tu as tort. Tu as encore la possibilité de l'être. Tu étais mal et maintenant, ça va beaucoup mieux. Il ne tient qu'à toi de rester.

— Je...

— À la prochaine sélection, tu deviendras mon binôme... si tu le souhaites, et tu pourras te venger d'Aldon.

— Je ne souhaite pas me venger. Ce n'est pas ce que voudrait ma sœur.

— Et tu crois que tu lui fais honneur en rentrant chez toi maintenant ?

Pyros venait de marquer un point. Il avait raison.

Althéa n'aurait pas voulu que sa sœur abandonne sa mission de cette manière. Elle se devait de découvrir qui, des rebelles ou d'Aldon, lui mentait.

Enora sourit et Pyros se ravit :

— Je préfère ça.

— Merci, chuchota-t-elle. Tu es tout ce dont j'avais besoin.

— À ton service, lui dit-il en resserrant sa prise autour d'elle.

Sans réfléchir, Enora l'embrassa. Pyros accueillit ce baiser avec bonheur et lui rendit cette étreinte passionnée. Au fond d'elle, Enora savait qu'elle venait de compliquer la situation, mais elle avait suivi son instinct.

— Je suis vraiment impatient d'être dimanche, lui révéla-t-il en la libérant.

— Moi aussi, murmura-t-elle.

— Cela signifie que tu restes ? la questionna-t-il.

Elle hocha la tête et il lui conseilla :

— Tu devrais rentrer dans la hutte de ce minable d'Aldon et te refaire une beauté. Ne le laisse pas voir qu'il t'atteint.

Enora ne put se retenir et l'embrassa à nouveau, plus doucement cette fois, avant de retourner dans les appartements de son binôme actuel où elle allait attendre son retour avec impatience.

Elle allait se démaquiller et faire en sorte qu'il ne remarque pas qu'elle avait pleuré toutes les larmes de son corps, par sa faute.

Après le moment très intime qu'elle avait partagé avec Pyros, Enora s'était démaquillée, avait rangé ses affaires dans l'armoire et avait repensé à Althéa.

Quelqu'un lui mentait et elle était bien décidée à découvrir qui.

Chapitre numéro vingt-quatre :

Insomnie

Les yeux grands ouverts, Rayn fixait le plafond de la tente qu'il partageait avec ses compagnons d'armes. Il n'avait pas fermé l'œil de la nuit, encore trop excité par la compagnie du rouquin.

À sa droite, partageant son sac de couchage, se trouvait Micen, profondément endormi. D'un geste attentionné, Rayn passa la main dans ses cheveux.

Il appréciait son compagnon mais, entre eux, tout était trop routinier. Dans leur couple, tout était simple et Rayn ne pouvait pas vivre comme ça. Il avait besoin de passion, d'aventures... bref, de diversité. Avec Gotyé, c'est ce qu'il avait eu, la dose parfaite de folie dont il avait désespérément besoin. Néanmoins, d'ordinaire, dès qu'il avait assouvi son désir presque bestial, son partenaire du moment perdait tout intérêt à ses yeux. Cette fois, c'était différent... Il ne parvenait pas à se sortir le jeune civil de la tête et, chose inhabituelle pour lui, il s'en voulait même de son comportement.

En effet, la veille, même si cela allait à l'encontre de ce qu'il désirait, il avait repoussé le jeune homme. Après leurs ébats passionnés, Gotyé avait tenté de l'embrasser et il l'avait repoussé de manière très violente, comme par réflexe.

— Excuse-moi, s'était décomposé le roux, le regard plein d'incompréhension. Je ne savais pas que tu voulais seulement...

– Écoute, petit, j'ai pris mon pied et je suis heureux que toi aussi, mais ça s'arrête là, l'avait achevé Rayn en remontant son pantalon.

– Et c'est tout ?

– Qu'est-ce que tu imaginais ? s'était moqué le soldat.

– Rien... enfin, pas ça, avait finalement avoué Gotyé, affligé.

– Je ne t'ai pas menti, s'était défendu Rayn sur la défensive. Je ne t'ai rien promis. Tu voulais t'éclater et moi aussi. Fin de l'histoire.

– ...

– Rien à ajouter ? s'était assuré le soldat.

Gotyé avait préféré ne pas répondre, luttant déjà avec difficulté pour ne pas fondre en larmes au milieu de ces bois qu'il trouvait soudain sinistres.

– Bonne nuit, lui avait finalement lancé le soldat en abandonnant le civil dans la pénombre.

Rien qu'en y repensant, Rayn avait les yeux qui lui piquaient, ce qui était tout à fait rarissime chez lui. Chacun de ses mots durs et froids résonnait dans sa tête comme un coup de fouet. Il ne pouvait pas y croire... Il avait été injuste envers Gotyé.

Il avait été un salaud. Comment avait-il pu se montrer si désobligeant envers ce jeune homme qui s'était offert à lui ? Une seule explication : il avait eu peur. Gotyé avait séduit Rayn au premier regard et cela terrifiait le soldat, car il n'était pas le genre d'homme à s'attacher. Avec Micen, tout était simple. En résumé, il faisait ce qu'il voulait. Avec Gotyé, il avait eu envie d'être plus, de faire plus...

Pendant un instant, il imagina ce que le civil avait dû ressentir lorsque son partenaire l'avait abandonné et le remords était si puissant que Rayn décida de se lever pour ne plus penser à son comportement odieux de la veille.

En prenant soin de ne pas réveiller son compagnon, le soldat se dressa sur ses jambes musclées. Il enfila un pantalon baggy kaki foncé et un t-shirt marron avant de lacer ses bottines en cuir épais qui remontaient au-dessus de ses chevilles. Il jeta ensuite un dernier coup d'œil vers Micen, toujours assoupi, et quitta la tente dans le silence le plus total.

À son grand étonnement, il n'était pas le seul à être éveillé à cette heure avancée de la nuit. En s'approchant du centre du camp de fortune qu'ils avaient établi, il reconnut Eden qui alimentait, à petites doses, le feu.

— Toi non plus, t'arrives pas à dormir, constata Rayn.

— Trop de choses en tête, lui concéda Eden, et toi ?

— Pareil, lança le soldat en s'installant auprès de son responsable qu'il considérait comme un ami.

La résistance n'était pas dirigée par Eden mais par son père. Toutefois, quand le patriarche était en mission, les membres de la résistance armée s'en remettaient naturellement à son fils, qui était très apprécié au sein de leur communauté.

— Tu as passé la nuit avec la fille, celle qui s'occupe de #Rebels ?

Eden acquiesça en ajoutant :

— Je voudrais lui demander de rester.

— À elle seule ou aux autres membres de son groupe également ? le questionna Rayn, subitement très intéressé par leur conversation.

— Si elle accepte, ce sera certainement avec eux. Cela ne pose pas de problème en soi. Il nous reste encore quelques places au camp principal.

— Le plus jeune... le roux...

— Gotyé ?

— Il est gay, l'informa-t-il.

— Comment le sais-tu ? chercha à comprendre Eden.

— Ça se voit, c'est tout, mentit Rayn. Peut-être que tu peux utiliser cet argument pour les convaincre, mettre en avant le fait qu'il doit être protégé ?

Eden savait trop bien les dérives et le quotidien infernal que l'État infligeait aux personnes sortant du carcan que leur société, à la recherche d'un idéal de perfection, tentait d'imposer. Les homosexuels étaient particulièrement visés par les nouvelles mesures. C'était d'ailleurs pour cette raison que de nombreux gays, tels que Rayn ou encore son compagnon, Micen, avaient intégré le groupe résistant.

Leur nature profonde les mettait en danger. Et même si les modérateurs de #Rebels ne semblaient pas avoir pleinement conscience du régime de terreur que l'État du Loukarr tentait d'imposer à la population. Plus personne n'était en sécurité, pas même Gotyé.

— Il est vrai que le fait de savoir que sa famille et ses amis seraient sains et saufs pourrait jouer en notre faveur et parvenir à la convaincre.

— Ça ne coûte rien d'essayer, marmonna Rayn en feignant un désintérêt total pour leur discussion qui, en réalité, lui avait donné l'espoir d'arranger les choses avec le jeune roux et, surtout, de profiter davantage de sa compagnie.

Pendant un long moment, ils demeurèrent silencieux, hypnotisés par les flammes rouges, oranges et jaunes qui léchaient paresseusement les bûches fraîches qui éprouvaient des difficultés à brûler. Les minutes s'écoulèrent, puis les heures et, alors que l'agitation matinale envahissait le campement, Eden conseilla à son ami :

— Tu devrais essayer d'aller dormir, tu as une longue journée devant toi. Je t'ai désigné comme « meneur » sur la mission du jour à Naquoris.

Rayn lui fit un signe de tête en guise d'approbation tandis qu'Eden l'abandonnait, préférant rejoindre Vigdis afin de profiter autant que possible de sa présence, avant son départ qu'il espérait pouvoir retarder au maximum.

Chapitre numéro vingt-cinq :

Tu t'en vas déjà ?

À sa grande surprise, lorsqu'Eden pénétra dans la tente qu'il partageait avec Vigdis, il la surprit en train de terminer de se préparer. Les cheveux attachés et entièrement habillée, la jeune femme était sur le départ.

– Tu t'en vas déjà ? s'étonna-t-il, de la tristesse dans la voix.

– Oui, Gotyé est venu m'avertir que si on était prêts d'ici une demi-heure, un convoi pouvait nous ramener sur Alaros ce matin même.

– Si tôt ? s'étonna le jeune homme, déçu.

– Tu sais que je dois rentrer au plus vite. Ce sera déjà un vrai miracle si Naé ne perd pas son emploi et puis je dois répondre aux messages privés et aux commentaires, gérer les différents forums, prendre contact avec mes agents infiltrés. Je dois également publier l'article sur lequel nous avons travaillé.

– Mais je pourrais te conduire en lieu sûr où tu aurais du réseau, comme nous l'avions convenu.

– Crois-moi, nous n'avons pas le choix. Nous devons rentrer chez nous.

– J'oubliais qu'à ta manière, tu avais autant d'obligations que moi, lui avoua-t-il, conscient du travail que représentait la gestion de #Rebels.

– Non, les gens dépendent de toi, le contredit-elle. Moi, je ne fais qu'écrire des lignes de textes sur un site, ça n'a pas du tout la même importance à mes yeux. Je ne suis pas autant impliquée.

– Tu pourrais rentrer avec nous au camp principal si tu le voulais, lui proposa-t-il, protecteur.

– Pour y faire quoi ? s'amusa Vigdis, surprise.

– La même chose que chez toi mais avec la certitude d'être en sécurité... ainsi que tes proches.

– C'est uniquement dans le but d'assurer ma sécurité que tu me proposes de rester ? l'interrogea-t-elle, ravie de l'intérêt qu'il lui montrait.

– Il est vrai que j'apprécie tout particulièrement ta compagnie, admit-il en la prenant dans ses bras avant de poursuivre. Tu dois être plus prudente.

– Je le suis, insista-t-elle.

– Alors, tu dois l'être encore plus. Le Doniar a débloqué des sommes faramineuses consacrées à la création d'une cellule d'experts en informatique pour lutter contre la cyber-résistance.

– En d'autres mots : #Rebels, reformula Vigdis.

– Exactement. Et laisse-moi te dire que c'est une menace à prendre très au sérieux.

– On croirait entendre Naé, se plaignit Vigdis en enroulant ses bras autour du cou du résistant.

Eden sembla vexé et, après un moment, il décréta :

— Je dis seulement que tu n'as pas les infrastructures nécessaires pour tenir tête à l'État. Nous, oui. Nous pouvons assurer ta sécurité et celle de tes proches.

— C'est très gentil de ta part mais ma place est aux côtés de ma famille... à Alaros. Je sais que tu veux bien faire, mais je ne peux pas sacrifier ma vie entière pour rejoindre le mouvement résistant. #Rebels, je m'en occupe tant que je peux me le permettre et je m'investis à fond mais je vais être honnête avec toi... Je ne suis pas aussi courageuse que tu le penses. Moi aussi, je fais tout ce qui est en mon pouvoir pour lutter contre l'angoisse qu'il arrive quelque chose à ma famille à cause de mes actions sur l'Aligore. C'est une peur qui ne me quitte jamais et, comme je me le suis promis il y a plusieurs mois, dès l'instant où les personnes qui me sont chères sont menacées à cause de #Rebels ou de ma cyber-résistance... j'arrête tout.

— Ne dis pas ça..., voulut la convaincre Eden.

— Si je te le dis, c'est parce que je sais que je peux te faire confiance et parce que je t'admire... j'admire les actions que tu entreprends et les choix que tu fais, mais je ne suis pas comme toi. Sous le pseudonyme EnjoyEden ou via ton propre nom, tu es la voix de la résistance. Tu as pris une décision, celle de te battre pour empêcher l'État de nous écraser. Alors que moi, Vigdis, je ne suis pas en guerre... seulement Black_Unicorn l'est. Après tout, je me contente d'écrire quelques lignes sur une plateforme de l'Aligore. Rien de tout ça n'est réel.

Il rit en la serrant contre son large buste.

— Je disais ça aussi... au début, la taquina-t-il avant de l'embrasser sensuellement.

— Tu vas me manquer, lui avoua-t-elle.

— Toi aussi, lui confia-t-il à son tour. J'ai quelque chose pour toi.

Intriguée, elle observa avec attention le jeune homme retirer ses plaques d'identification pour les lui passer autour du cou.

— Non, s'opposa-t-elle avec violence, ce sont les tiennes, je ne peux pas.

— C'est uniquement un prêt. La prochaine fois que nous nous verrons, tu me les rendras.

— C'est ta technique pour t'assurer un second rendez-vous ? plaisanta Vigdis en lui caressant la joue.

— Tu as tout compris, lui rétorqua-t-il en riant.

Soudain, Gotyé entra dans la tente, les interrompant.

— Si tu es prête, nous pouvons y aller.

Vigdis aurait voulu rester davantage mais elle savait que Nannie devait être morte d'inquiétude et que Naé éprouverait déjà toutes les difficultés du monde à garder son travail.

— Tu as les documents que nous avons trouvés hier ? demanda-t-elle à son ami dont la chevelure rousse était en bataille.

— Ils sont déjà dans le véhicule, la rassura-t-il en décidant de leur laisser quelques minutes supplémentaires pour se dire au revoir. Rejoins-nous dehors quand tu auras fini.

Sur ces quelques mots, Gotyé partit rejoindre son frère qui attendait déjà avec impatience dans la jeep aux côtés de Coralis, heureuse de quitter cet endroit.

— Hey, rouquin ! l'interpella une voix masculine dans son dos.

Le civil fit volte-face et découvrit Rayn, adossé à l'un des pieds de la tente principale.

— Ne t'en fais pas, je m'en vais, le rassura Gotyé, toujours blessé par les mots que le soldat lui avait adressés la veille.

— Attends, le retint Rayn en lui saisissant le bras. Je voulais qu'on reparle d'hier.

Le jeune homme demeura silencieux, espérant que le soldat avec lequel il avait passé une soirée magique s'explique davantage sur son comportement irrationnel. Rayn aurait voulu lui dire un millier de choses mais aucun mot ne sortit de sa bouche. Il avait la gorge nouée et le cœur battant la chamade dans sa poitrine. Il lui demanda soudain, en se doutant qu'Eden avait été incapable de convaincre Vigdis :

— Tu t'en vas ?

— Oui, l'informa Gotyé dont le cœur brisé se fissura à nouveau en admirant l'homme pour lequel il avait immédiatement éprouvé une attirance déraisonnable.

— Tu comptes... revenir ? l'interrogea Rayn à voix basse.

— Pourquoi le ferais-je ? enchaîna le civil, la voix enrouée, en s'approchant du soldat qui lui répondit par un fougueux baiser.

Malgré son courroux, Gotyé fut pris d'un puissant vertige et lui rendit son baiser avec la même passion. À bout de souffle, les deux jeunes hommes ne furent interrompus que par l'arrivée de Vigdis qui, malgré sa surprise, invita Gotyé à l'accompagner au véhicule.

Toujours aussi mystérieux, Rayn échangea un regard indescriptible avec son amant avant de les laisser, son amie et lui, quitter le campement sous les applaudissements des troupes de la résistance armée qui félicitaient, de cette manière, le travail de diffusion de l'information qu'accomplissaient au quotidien les membres de #Rebels.

Chapitre numéro vingt-six :

Résistante

Impossible ! Il était impensable qu'Althéa soit morte. Enora ne parvenait pas à imaginer qu'un groupe tel que la résistance armée avec laquelle sa sœur partageait les mêmes valeurs, ait ordonné son assassinat. Cela n'avait aucun sens. Althéa était vivante. Elle en était certaine.

Enora refusait catégoriquement toute autre éventualité. Althéa était une jeune fille courageuse, forte et sûre d'elle-même. Elle en était persuadée. Sa sœur n'était pas morte, elle était en vie et il ne s'agissait que d'une question de temps avant qu'Enora n'obtienne une piste sérieuse à son sujet.

Elle décida alors de contacter à nouveau les modérateurs de #Rebels qui lui avaient promis d'enquêter sur l'enlèvement de sa jumelle. La jeune femme cliqua fermement sur la touche qui lui permettait d'envoyer un message et indiqua l'avancée de ses recherches personnelles concernant Althéa avant de cliquer sur "Envoyer le message". Elle prit une profonde inspiration et pressa le bouton, recevant presque simultanément une notification l'avertissant que le message avait bien été envoyé.

Elle se doutait qu'elle n'obtiendrait pas de réponse tout de suite et se contenta de s'allonger sur le lit en attendant le retour d'Aldon ou un éventuel message de #Rebels.

Mais les heures s'étaient écoulées sans que ni l'un ni l'autre ne se produisent et elle finit par s'endormir.

Soudain, Aldon pénétra dans la hutte et la jeune femme, qui entendit du bruit dans la pièce d'à côté, s'éveilla tandis que son partenaire la rejoignait dans la chambre :

— Tu m'as fait peur, lui confia Enora, le souffle court, en enfonçant dans sa poche, l'émetteur avec lequel elle s'était endormie.

Le militaire, les cheveux humides, était éblouissant. Vêtu d'un singlet noir en coton, il portait un pantalon de jogging large de couleur gris clair ce qui rehaussait son bronzage naturel.

— Je suis désolé, ce n'était pas mon intention, s'excusa son binôme en s'installant sur le lit aux côtés de sa partenaire.

— Tu n'es pas trop fatigué ? lui demande-t-elle, attentionnée.

— Je suis mort de fatigue, lui avoua Aldon en riant. Nous devions uniquement avoir un débriefing et nos supérieurs ont finalement décidé de nous envoyer sur le terrain.

— Tu as des supérieurs ? s'étonna-t-elle en riant.

— Tout le monde en a, lui fit-il remarquer. Aux yeux de tous, le GISAR est tout puissant mais nous aussi, nous devons obéir aux ordres. Quoi qu'il en soit, je suis désolé de ne pas avoir pu te prévenir.

Son sourire ravageur faisait partie intégrante de son charme redoutable et, oubliant durant un court instant ce qu'elle avait appris la veille, Enora eut soudain envie de lui sauter dessus.

— Et toi, bien dormi sans moi ? la questionna-t-il à son tour.

– Je dois avouer que oui. La visite guidée d'hier m'a vraiment crevée. En plus, j'étais avec Myras, la compagne de Lucius, et elle n'arrête pas de parler.

– Je vois qui c'est.

– Mais je me suis bien amusée. Je suis juste triste de ne pas avoir pu parler à Becca, mentit la candidate qui, sur un coup de tête, décida de lui dissimuler la visite de sa sœur aînée.

Le visage fermé, Aldon demeura silencieux.

– Pourquoi m'as-tu caché qu'elle travaillait ici ? chercha à comprendre Enora, perdue.

– Je ne voulais te donner aucune raison de rester.

– Tu parles de la sélection de dimanche ? s'assura-t-elle d'une voix triste.

– Oui, à la fin de cette semaine, il faut que tu partes, lui répondit-il, suppliant.

– Mais si je veux rester, je ne vois pas pourquoi tu t'obstines à me faire partir, insista Enora, décidée.

– Ce n'est pas un endroit pour toi, lui assura Aldon en la contemplant.

La jeune femme adorait la façon dont ses yeux sombres regardaient son corps avec envie.

– Je croyais ça aussi, lui avoua-t-elle en repensant aux mots qu'elle avait échangés avec Pyros.

Elle se tut un moment et ses yeux plongèrent dans ceux de son binôme.

— Tu m'envoies des signaux contradictoires, Aldon. Quand je vois la façon dont tu te comportes avec moi, je ne sais plus quoi penser.

Le militaire souffla, excédé :

— Je tiens à toi, Nora. C'était le cas quand nous étions des gamins, c'est encore le cas aujourd'hui. Mais je n'arrive toujours pas à croire que la Nora que je connaissais veuille devenir une candidate.

Enora avait envie de le prendre dans ses bras et de lui avouer toute la vérité sur les véritables raisons de sa présence. Cependant, il lui était impossible de dire quoi que ce soit. Elle devait être prudente et se protéger avant tout. Il avait beau être extrêmement séduisant, il lui avait dissimulé des informations sur sa sœur. Malgré ce que son instinct lui dictait, elle devait se méfier de lui.

— Je suis sincèrement désolée de t'avoir déçu, mais c'est la vérité.

Aldon la fusilla du regard et se releva, furibond.

— Je ne veux pas que tu m'en veuilles, lui assura Enora, peinée d'avoir perdu cette proximité entre eux à laquelle elle tenait tant.

— Il faut que je sorte prendre l'air, décréta-t-il, furieux, tandis que la jeune femme se dressait à son tour sur ses jambes.

— Attends, tenta-t-elle de le retenir en posant sa main sur son bras puissant.

Soudain, Enora cessa de respirer. Son binôme lui faisait face et avait posé ses mains sur ses hanches, à quelques centimètres à peine de l'émetteur. Aldon ne devait pas trouver cet objet !

Et, comme par réflexe, elle ouvrit la fermeture éclair de son short, laissant apparaître sa culotte en dentelle noire. Aldon voulut l'en empêcher mais Enora lui saisit les mains alors que son short et l'émetteur qu'il contenait s'effondraient au sol dans une petite flaque de textile qu'elle poussa d'un léger coup de pied sous le lit.

Aldon fut si surpris par le geste de son binôme qu'il eut le sentiment d'avoir reçu un uppercut. Il libéra ses bras d'un mouvement fluide et prit le visage de la jeune femme dans ses grandes mains, sans la quitter des yeux.

À en juger à son regard hypnotisant, elle ne pouvait dire s'il était furieux ou excité... Probablement un peu des deux.

Enora n'aurait jamais pensé coucher avec cet homme qui avait appartenu à sa sœur dans ce qui semblait avoir été une autre vie, à une époque où Aldon n'était pas membre du GISAR et où elle ne faisait pas partie des rebelles.

— Il y a des choses que tu ignores concernant ta sœur et moi, se figea soudain Aldon, torturé. Mais tu me caches également des choses...

— Je ne veux pas parler d'elle, le coupa la candidate numéro treize. Je ne veux parler de rien. Je veux t'avoir à moi, ne fût-ce qu'une fois.

Elle avait trouvé le moyen parfait de le convaincre.

Avide, il saisit le bas de son top et le lui retira comme si elle avait été une poupée désarticulée, découvrant une petite poitrine fermement maintenue par un soutien-gorge en dentelle noire prêté quelques heures plus tôt par Myras. "Au cas où" s'était exclamée cette dernière, coquine.

À cet instant, les yeux sombres du soldat plongèrent dans ceux de son binôme. Elle avait envie de lui et lui d'elle. Ils avaient lutté depuis son arrivée dans la ruche mais désormais, leurs corps se réclamaient.

En décelant la flamme de désir qui brûlait dans le regard de sa partenaire, Aldon eut soudain peur, peur de cette envie charnelle qui l'habitait. Il ne devait pas céder. Peu importe son attirance, il ne pouvait pas la toucher. Il devait tenir bon durant sept jours et la laisser partir. Ce n'était pas un endroit pour elle et elle méritait mieux, il en était persuadé.

— Nora..., chuchota-t-il en luttant pour ne pas lui sauter dessus.

Elle humidifia ses lèvres charnues et murmura son nom en fermant les yeux.

Il aurait voulu éteindre l'incendie qui s'était propagé en lui mais il posa sa main sur son épaule dénudée et, avec une exquise lenteur, il fit glisser la bretelle gauche de son soutien-gorge. Enora trembla au contact de sa peau brûlante sur la sienne et l'observa, toujours avec la même lenteur, lui retirer sa seconde bretelle.

Malgré elle, elle sentit sa poitrine se tendre et se gonfler, donnant à ses petits seins une apparence plus généreuse. À son tour, il humidifia ses lèvres en notant les mêmes changements chez sa partenaire dont il s'approcha davantage.

Il était beaucoup plus grand qu'elle et cette soudaine proximité la perturba plus que ce qu'elle ne l'aurait pensé, lui faisant baisser les yeux.

— Aldon..., soupira-t-elle derechef lorsqu'il posa une main sur sa nuque tandis que la seconde s'approchait de son sein gauche.

Le jeune homme était persuadé qu'elle lui cachait quelque chose et il était certain que cela concernait la raison de sa venue. Il était impossible qu'Enora, l'Enora qu'il avait connue auparavant, soit réellement une candidate comme les autres. Il espérait qu'elle allait se rétracter, elle allait tout lui avouer, elle allait craquer et faire marche arrière.

Il devait la pousser à bout, il allait la mettre dos au mur mais, pour cela, il devait lutter contre lui-même. Car, il ne pouvait pas le nier, il avait éprouvé un désir irrépressible depuis qu'elle était entrée dans la ruche. Il devait être fort et trouver le moyen de la pousser assez loin pour lui faire avouer son plan et la raison de sa présence au sein du GISAR, tout en résistant au désir incandescent qui prenait progressivement possession de son corps tout entier.

Il utilisa son index et, d'un geste habile, il fit glisser la dentelle sombre sous son sein qui, nu, pointait désormais vers le haut. Enora avait tenté d'être forte et de tenir aussi longtemps que possible sans craquer, sachant qu'Aldon n'était pas dupe et chercherait peut-être à la piéger mais, lorsque sa peau avait écarté le bout de tissus dentelé et frôlé la sienne, elle avait laissé échapper un soupir étouffé.

Trahie par son propre corps, elle maintenait son regard au sol, inquiète qu'il découvre son trouble en la regardant droit dans les yeux. Mais alors qu'elle luttait toujours pour reprendre le contrôle de la situation, elle sentit la prise sur sa nuque s'accentuer, puis son sein droit subit le même assaut et, cette fois, ce fut un profond soupir qui lui échappa.

Enora pouvait sentir ses joues s'empourprer tant son corps était réceptif aux caresses de son partenaire, désobéissant formellement aux ordres que son cerveau lui envoyait.

Était-elle seulement capable de résister à ses effleurements ? Allait-elle tout avouer sans même pouvoir se défendre ? Enora serra les jambes, comme en prévision d'un autre type d'attaque qu'elle redoutait autant qu'elle désirait.

Aldon déglutit bruyamment en surplombant la jeune femme dont la poitrine dénudée pointait effrontément vers lui. Il aurait juré que les bruits qui avaient échappé à son binôme étaient sincères mais cela allait à l'opposé de tout ce dont il était persuadé.

Était-il possible qu'Enora soit réellement venue pour trouver du réconfort et en donner au premier inconnu le temps d'une semaine ? C'est tout ce qu'elle laissait croire mais il refusait de penser une telle chose. Il était furieux contre elle, il était furieux de sa présence au sein de la ruche, il était furieux contre ce corps merveilleux qui lui apprenait une réalité qu'il refusait d'accepter et, surtout, il était furieux contre lui-même d'éprouver tant de difficultés à lutter contre l'attirance qu'il ressentait pour sa partenaire.

Son corps se tendit sous le coup de toute cette rage. Il n'avait pas le choix, il devait aller jusqu'au bout pour connaître la vérité et s'arrêter à temps pour ne pas céder à la tentation. Enora cessa de respirer en voyant les muscles saillants du jeune homme se contracter et, alors qu'elle s'apprêtait à se libérer de son étreinte, il l'attira à lui et l'embrassa avec force.

Enora sentit deux lèvres s'écraser contre les siennes et, alors qu'elle aurait dû le repousser, elle lui rendit son baiser chaud et humide qui hérissait tous les poils de ses avant-bras. Envahie par le désir, elle avait baissé sa garde et laissait cet homme prendre possession de son corps sur lequel elle n'avait plus le moindre contrôle. Son esprit continuait de lutter sans succès alors qu'elle sentait la langue d'Aldon envahir sa bouche brûlante, provoquant une vague de sensations contre lesquelles elle n'était pas habituée à se battre. Elle n'avait eu qu'un seul petit ami, plusieurs années auparavant. Aldon avait l'expérience des femmes. Il savait comment les faire craquer et pire, il était de ces hommes qui savaient les mettre à genoux.

Toutefois, le chef de section devait être prudent. Il devait la pousser à avouer les vraies raisons de sa présence sans pour autant perdre pied. Il devait rester maître de la situation et, collés l'un contre l'autre à s'embrasser follement, il était loin de gérer les choses.

— Aldon, laissa-t-elle échapper en s'arrachant à ses baisers sans pour autant se libérer de ses bras puissants qui la maintenaient toujours sous son emprise.

Il sourit, car, pour la première fois depuis son arrivée dans la ruche, il percevait, chez elle, un moment de faiblesse et décida d'en profiter.

— C'est ce que tu voulais, n'est-ce pas ? lui demanda-t-il tandis qu'une de ses mains habiles détachait son soutien-gorge avant de saisir son sein, lui arrachant un autre soupir étouffé. C'est pour ça que tu es ici, c'est ça ? continua le soldat, tentant coûte que coûte de rester concentré sur sa mission.

— Je ne..., chuchota-t-elle alors qu'il jouait avec son téton tendu par l'excitation folle qu'il provoquait en elle.

Remarquant qu'elle commençait à parler, il décida de tout tenter, se promettant mentalement de ne surtout pas aller plus loin et, d'un mouvement expérimenté, il la saisit par les hanches et la déposa sur le lit tout proche.

Allongée, jambes légèrement écartées entre lesquelles il s'était, comme par réflexe, faufilé, elle croisa son regard pour la première fois depuis le début de leurs effleurements, sentant son sexe bandé appuyer avec force contre son entre-jambe en feu. Ses iris sombres et brûlants trahissant le désir qu'il éprouvait pour elle, Enora se douta qu'il pouvait lire les mêmes choses dans son regard.

— Dis-moi que tu n'es pas là pour ça, la supplia Aldon, un mélange de fureur et de désespoir dans les yeux.

Enora, le cœur brisé de ne pas pouvoir lui avouer son secret et le corps en feu sous ses doigts experts, demeura silencieuse en mordillant sa lèvre inférieure, trahissant son état d'excitation extrême.

Furibond, le soldat décida de s'attaquer à sa poitrine toujours gonflée que sa bouche prit d'assaut, léchant, mordillant et suçant ses tétons dressés, lui arrachant des gémissements qui la poussaient à refermer les jambes, ce qu'il lui empêchait toujours de faire.

– Aldon, je t'en... je t'en prie...

– Dis-moi, Nora. Dis-moi ce que tu veux vraiment ?

– Prends-moi, lui murmura-t-elle malgré elle.

Il se figea.

– Je te veux... toi, continua-t-elle, heureuse que son état d'excitation corresponde à celui de son profil de candidate.

– Je ne peux pas, Nora. Je ne dois pas.

– Mais j'ai envie de toi.

– Moi aussi, lui avoua-t-il, la voix enrouée par l'excitation. Je veux être en toi.

– Alors, vas-y, l'invita-t-elle, les joues rougies par les sensations que cet homme faisait naître en elle.

Dans un moment de folie, il laissa ses mains glisser le long de son corps fin et lui ôta sa culotte en dentelle. Il posa les yeux sur son corps offert et caressa ses jambes douces de bas en haut, se rapprochant dangereusement de l'intérieur de ses cuisses.

– Pourquoi es-tu ici ? lui demanda-t-il, torturé entre ce qu'il devait et ce qu'il désirait faire.

Elle reprit un peu d'air dans ses poumons et humidifia ses lèvres.

– Pourquoi ? insista-t-il, impatient d'obtenir sa confession, tandis que sa main, avide de sa chair, migrait davantage vers le nord.

Enora poussa un gémissement lorsque les doigts du jeune homme s'enfouirent en elle. Posant son front contre celui de son binôme, Aldon la supplia à nouveau :

— Parle-moi, Nora.

Mais les seuls sons qui échappaient à la jeune femme étaient des gémissements qui laissèrent bientôt place à de petits cris de plaisir.

Progressivement, Aldon oublia de lui demander pourquoi elle était venue dans la ruche et se concentra uniquement sur ses mouvements qui libéraient sa partenaire de toute l'excitation qui l'habitait. Il ne pensait plus qu'à elle. Plus rien d'autre n'existait. Ni le GISAR. Ni Althéa. Il voulait prendre son temps et lui faire atteindre l'orgasme. Jouant avec ses doigts experts, il s'amusa à la faire crier de plaisir et à ralentir le rythme juste avant l'explosion. Il la contemplait happer l'air avec difficulté entre deux gémissements.

Elle était magnifique. Ses mèches blondes étaient collées sur son front perlé de sueur, ses yeux clos trahissaient son plaisir et sa bouche asséchée ouverte en grand traduisait chacune des attaques d'Aldon en un son mélodieux.

Il devait faire très attention, car il le savait... il n'était pas comme ça avec les autres candidates. Cette fois-ci, il ne s'agissait pas uniquement de sexe, il était attentionné.

Il sentit son corps se raidir davantage en voyant celui de sa partenaire se tendre. Il accéléra ses mouvements tandis que son pouce jouait avec son clitoris gonflé.

— Aldon, je..., souhaita le prévenir Enora, sous l'emprise du désir intense que cet homme provoquait en elle.

– Je sais, l'interrompit-il, un air satisfait traversant son visage d'Apollon.

Il tenait à ce qu'elle reste concentrée sur elle et sur son corps meurtri par le plaisir. Soudain, il attaqua avec violence sa poitrine de sa bouche vorace et elle explosa en mille morceaux, plantant ses ongles dans sa chair dorée. Il prit un instant pour la contempler, resplendissante et comblée.

Maintenant, la seule chose qu'il désirait, c'était de la prendre encore et encore. Il ferait durer ça toute la nuit. Il se moquait bien de la fête qui était prévue pour ce soir. Il la voulait, elle. Il désirait son corps plus que tout. Il n'avait jamais ressenti ça pour personne, même pas pour sa sœur. Il allait la posséder durant les jours qu'il lui restait en sa compagnie, car, après, elle devrait partir. Mais pour cela, il ne pouvait pas tomber amoureux d'elle.

– Pourquoi es-tu ici ? l'interrogea-t-il une dernière fois en embrassant sa tempe humide.

– #Rebels, murmura-t-elle, trahie par son propre corps encore tremblant.

En entendant ces mots, Aldon cessa tout mouvement et plongeant son regard meurtrier dans le sien, il l'accusa d'une voix terrifiante :

– Tu es une résistante.

Chapitre numéro vingt-sept :
Nouvelle politique.

— Tu es une résistante !?! répétait sans cesse le chef de section, hébété par l'information que son cerveau venait de recevoir.

— Aldon, je..., tenta d'intervenir Enora en le regardant se dresser sur ses jambes musclées.

— Tu es en train de me dire que tu fais partie des rebelles ?!!! la coupa-t-il, fou de rage.

— Ne parle pas si fort, je t'en supplie, chuchota-t-elle, pétrifiée à l'idée que quelqu'un surprenne leur conversation.

— Mais qu'est-ce qui t'est passé par la tête ? Tu sais, au moins, où tu te trouves ?! Le GISAR est LE groupe d'intervention anti-résistants et toi, tu décides de venir ici !?

— Je n'avais pas le choix.

— As-tu la moindre idée de la position dans laquelle tu m'as mis ? la sonda-t-il, les yeux brillants. Tu sais qui je suis ? questionna-t-il à nouveau. Je suis un des trois chefs de section du GISAR. Arrêter les résistants, combattre les rebelles et démasquer les auteurs de #Rebels, c'est MON travail.

À cet instant, un frisson glaça la jeune femme qui commençait à réaliser qu'elle avait peut-être eu tort de croire qu'Aldon n'allait pas la dénoncer.

Brusquement, une sirène assourdissante retentit dans toute la ruche et Aldon, qui semblait toujours sous le choc de ce qu'il venait d'apprendre, informa son binôme en soupirant :

– Cette alarme est un signal avertissant tous les membres du GISAR qu'un résistant se trouve dans l'enceinte du bâtiment.

En entendant ces mots, Enora sursauta et le questionna, paniquée :

– Comment ont-ils pu savoir que je faisais partie des rebelles ?

– Ils ne savent pas que c'est toi sinon les katars seraient déjà venus t'arrêter.

– Les katars ?

– Un groupe d'élite chargé de nous surveiller, soldats et candidates. Ils s'assurent qu'aucun de nous ne s'allie à la résistance. Il s'occupe également de la protection des politiciens et autres personnes d'importance. Je t'avais prévenu que, nous aussi, nous devions obéir aux ordres et rendre des comptes.

La novice, le teint livide et les yeux embués, ne répondit rien et le jeune homme lui ordonna, intransigeant :

– Nous devons immédiatement nous rendre dans le hall principal pour les laisser effectuer la fouille des huttes.

– La fouille ? s'étonna la jeune femme, alarmée.

– As-tu un objet qui te relie aux résistants ?! paniqua soudain son partenaire.

– Non, mentit-elle en enfilant sa petite culotte.

Elle ne savait plus à qui elle pouvait faire confiance.

– Nous devons nous dépêcher sinon ils trouveront notre retard suspect.

Enora se plaça à côté du lit et s'abaissa ensuite pour attraper le short qu'elle avait poussé sous celui-ci. Lorsque ses doigts fins rencontrèrent le tissu du short en coton, elle saisit l'émetteur qui se trouvait toujours dans la poche gauche de celui-ci et le coinça dans les ressorts du matelas. Elle se releva ensuite, enfila le bout de tissu et ses bottines sans nouer les lacets.

– Je suis prête, dit-elle, un air résolu parcourant ses traits radieux.

– Ne dis pas un mot et contente-toi de rejoindre le groupe, lui ordonna le chef de section, la voix dure.

– Et toi ? s'étonna-t-elle.

– J'arrive, lui répondit-il, mystérieux, en la regardant quitter la hutte.

L'alarme tonitruante continuait de retentir dans la ruche lorsqu'Aldon rejoignit son binôme, les autres soldats et leurs compagnes respectives dans le hall principal.

– Tout le monde est présent, décréta l'un des katars tandis que le chef de la troisième section venait compléter les rangs.

Enora n'avait jamais vu un katar avant. Vêtus d'une combinaison de couleur gris anthracite, ces soldats à l'air sévère ne semblaient pas être venus ici pour plaisanter et, alors que l'un d'entre eux s'approchait d'Aldon, un groupe de cinq soldats se dirigea vers les huttes.

– Pourquoi ne pas être venu plus tôt ? le questionna-t-il, austère.

– Je suis venu dès que j'ai pu, mentit Aldon.

– Vous êtes arrivé en dernier...

– Aucun délai n'est renseigné dans cette procédure, se vexa le chef de section.

– Vous êtes tout de même venu en dernier. Je veux savoir pourquoi, exigea le katar.

Aldon sourit, tourna la tête vers la gauche puis vers la droite, croisant le regard des autres membres du GISAR, traités comme de vulgaires bleus.

– Je veux savoir pourquoi vous étiez le dernier à rejoindre les rangs, insista le katar qui n'en démordait pas.

– J'ai dû me rhabiller vu que j'étais en train de baiser, lui rétorqua-t-il en souriant, provocateur. Ai-je encore le droit de baiser mon binôme ou, pour cela aussi, dois-je attendre qu'un katar m'en donne l'autorisation ?! explosa Aldon, soutenu par ses comparses qui accompagnaient ses dires d'applaudissements.

Le katar ne prit pas la peine de lui répondre et se contenta de poser la main sur son arme en guise d'avertissement tandis que le regard du jeune homme croisait celui de sa partenaire qui semblait effrayée par la tournure que prenaient les évènements.

– Tu vas bien ? s'assura Aldon lorsque le katar se concentra sur quelqu'un d'autre.

Enora se mura dans le silence et son partenaire remarqua qu'elle fixait leur hutte dans laquelle deux agents pénétraient pour débuter leur fouille.

À cet instant, Enora remarqua que Pyros se tenait à sa droite. Il avait dû se faufiler entre les membres du GISAR et leurs binômes pour arriver jusqu'à elle.

— Ne t'en fais pas, la rassura-t-il, en posant ses paumes sur ses épaules dénudées.

Immédiatement, Aldon s'interposa, jaloux, séparant le blond de sa compagne toujours figée par la peur.

— Ne t'approche pas d'elle, commanda Aldon d'une voix menaçante.

— Je n'ai aucun ordre à recevoir de toi, renchérit Pyros, bien décidé à pousser son adversaire à bout.

— Arrêtez, je vous en prie, les supplia Enora.

— Je t'ai mis en garde une première fois. Ne m'oblige pas à recommencer, le menaça-t-il, prêt à bondir.

— Sinon quoi ? provoqua Pyros, une fois de trop.

Comme ultime réponse, Aldon le frappa au visage avec une telle violence qu'un épais filet de sang s'échappa de la bouche du blond qui s'écroula au sol, salissant la combinaison d'un katar qui se tenait proche du combat.

— Je vais te tuer, explosa le chef de la seconde section en fonçant sur Aldon, le projetant, à son tour, sur le sol froid.

Rapidement séparés par leurs coéquipiers respectifs, les deux hommes qui s'insultaient avec rage furent interrompus lorsqu'un des katars les informa qu'un résistant avait été découvert parmi eux.

En entendant ces mots, Aldon voulut se libérer pour rejoindre Enora et les empêcher de l'emmener.

"Lâchez-moi !" criait-il alors que deux gardes s'approchaient de son binôme qui, comme statufié, ne bougeait plus d'un centimètre. "Lâchez-moi !" continua-t-il de hurler mais il réalisa soudain que la résistante arrêtée par les gardes n'était autre que Brigis.

À genoux, la rebelle ne lutta pas. Docilement, elle plaça les mains dans son dos et ne se débattit pas lorsque les katars serrèrent exagérément ses liens, lui arrachant une grimace. Elle se dressa ensuite sur ses jambes, et après avoir échangé un regard lourd de sens avec Enora, ils l'emmenèrent à l'extérieur du bâtiment, sous les yeux de son partenaire qui ne leva pas le petit doigt pour lui venir en aide.

— Que se passe-t-il ? s'inquiéta soudain Aldon, en réalisant que les katars ne l'installaient pas dans le fourgon.

— Notre gouvernement a décidé d'établir une nouvelle politique. Désormais, les rebelles n'auront plus droit à un procès équitable.

— Qu'est-ce que cela signifie exactement ? insista-t-il avec l'appui de tous les membres principaux du GISAR qui ne comprenaient pas ce qui était sur le point de se dérouler.

— Que les rebelles sont nos ennemis et que nous n'offrons aucun procès à nos adversaires, car une seule sentence est juste, lui rétorqua le katar avec lequel il avait eu un accrochage précédemment.

— Non ! Ne faites pas ça ! s'écria brusquement Nadar en

remarquant qu'un des gardes braquait un pistolet contre la nuque de Brigis. Mais il était trop tard.

Un coup de feu retentit provoquant les cris et les pleurs des candidates alors que les membres du GISAR, en alerte, s'étaient regroupés, prêts à devoir se défendre.

— Aucun membre des katars n'a jamais ôté la vie d'un de nos membres, protesta Nadar, encore sous le choc de ce à quoi il venait d'assister.

— Il ne s'agissait que d'une de vos candidates, lui rétorqua le katar dont l'arme demeurait à portée. Vous n'aurez qu'à en choisir une autre à la prochaine Sélection.

— Cela ne restera pas sans conséquence, lui promit Aldon, la voix étranglée par la rage et la tristesse.

— Nous verrons, répliqua le soldat en combinaison gris clair. En raison des évènements du jour, la soirée annuelle sera exceptionnellement reportée à demain soir.

Personne ne contesta ses dires, aucune des personnes ayant assisté à ce spectacle horrifique n'était d'humeur à faire la fête.

— Vous êtes désormais priés de regagner vos quartiers, les autorisa un autre katar non loin de là et Enora sentit la main de son binôme se placer dans le creux de ses reins afin de la guider vers leur hutte.

L'ambiance était pesante et, immédiatement après leur retour dans leur chambre, Enora constata avec horreur que le dispositif de contact avec la résistance avait disparu.

— L'émetteur, ils l'ont trouvé ! s'écria-t-elle, épouvantée.

– Non, la rassura Aldon, c'est moi qui l'ai, l'informa-t-il en posant une main sur la poche de son jogging.

– Tu es fou ?! S'ils l'avaient découvert, ils auraient pu te tuer ! lui reprocha-t-elle, épouvantée, les larmes au bord des yeux.

– Je voulais seulement être certain que tu ne risquais rien, lui confia-t-il, toujours les nerfs à vif. Je voulais être le seul à porter le blâme si cet objet était découvert.

– Aldon..., murmura-t-elle dans un souffle en s'approchant de lui. Tu n'aurais pas dû faire ça... Pourquoi ?! Pourquoi avoir pris un tel risque ?

Il ne lui répondit pas et elle s'approcha, venant se placer juste devant lui.

– Pourquoi ? l'interrogea-t-elle à nouveau.

– Je pensais pourtant que c'était évident..., chuchota-t-il presque inaudible.

– Que veux-tu dire ? lui demanda-t-elle, tremblante, sentant une tension palpable s'installer entre eux.

Le soldat replaça une mèche de ses cheveux puis caressa la joue de sa partenaire qui semblait ne jamais avoir été aussi belle et lui confessa d'une voix grave et terriblement séductrice :

– Tu sais très bien pourquoi.

– Mais..., voulut-elle le raisonner.

– Chuuut... Ne dis rien... Embrasse-moi, lui ordonna-t-il dans un murmure, en fondant sur elle.

À présent, une chose était certaine. Pour leur sécurité à tous les deux, ce dimanche, Enora devait quitter la ruche. Cette seule pensée terrassa Aldon et c'est avec passion que leurs corps, attirés comme des aimants, se frôlèrent.

Avec fougue, il dévêtit la jeune femme. Ses mouvements rapides et puissants trahissaient son désir de la posséder mais il s'en moquait, car il pouvait lire cette même envie, ce même besoin, dans les yeux de sa partenaire. En marchant à reculons, il la guida vers le lit sur lequel elle s'allongea avec grâce. Il la rejoignit après lui avoir laissé le temps d'admirer quelques instants son corps d'Apollon, musclé et élégant. Elle ne l'avait jamais vu entièrement nu et fut agréablement surprise de découvrir son corps de dieu grec. Avec ardeur, leurs bouches se soudèrent et leurs corps passionnés se trouvèrent, s'unissant dans un râle puissant.

La dominant entièrement, Aldon l'entreprit avec un mélange d'ardeur et de douceur, lui arrachant des cris de plaisir à chaque puissant mouvement de bassin.

Au fond de lui, le soldat savait pertinemment comment les choses allaient évoluer entre eux mais il refusait d'y penser. Il ne voulait penser à rien d'autre qu'à cet intense moment qu'ils partageaient. Il voulait figer Enora dans sa mémoire, les courbes de son corps, les sons de ses gémissements lorsqu'il la pénétrait, la douceur de ses lèvres gonflées par ses baisers fougueux, la chaleur qu'elle dégageait à cet instant précis, luttant pour ne pas exploser de plaisir.

Il donna un nouveau coup de bassin plus puissant encore que les précédents et l'observa se tordre de plaisir. Il réitéra son mouvement et elle accusa une nouvelle vague d'exaltation qui l'envahit tel un tsunami, la libérant de toute retenue.

Il était fixé sur elle, sa respiration, son plaisir, ses envies, son rythme. Elle... c'était tout ce qui comptait à ses yeux, car, malgré ses dires et ses actions, il n'imaginait plus être séparé d'elle.

Il avait beau lutter, il était en train de tomber amoureux.

Chapitre numéro vingt-huit :

Jalousie

La contrée d'Alaros était à la fois la plus petite et la plus pauvre des dix provinces du pays. C'était d'ailleurs afin de savoir qui venait de cette région précaire que la politique d'identification des prénoms avait vu le jour. L'État du Loukarr avait décidé que toutes les personnes nées dans cette province auraient un prénom se terminant en « is » pour les femmes et en « é » pour les hommes. Rapidement, le gouvernement avait été convaincu par cette mesure qui permettait de source sûre de connaître de quelle province venait chacun des habitants et avait élargi cette nouvelle loi à l'intégralité du pays. Par exemple, les habitants d'Aniel avaient un prénom se terminant en « a » ou en « on » selon qu'il s'agissait de femmes ou d'hommes.

Cette mesure fut la première destinée à épingler Alaros et ses habitants comme étant le poids mort de l'État. Province désertée par les entreprises et les commerces, il n'y avait plus de travail et la précarité avait doucement laissé place à la pauvreté extrême et à la délinquance que les autorités ne cherchaient nullement à contrôler.

Naé en savait quelque chose. Il avait été un de ces jeunes voyous pour qui détruire, se battre et voler, étaient les seules occupations quotidiennes. À l'époque, il était membre d'un groupe de têtes brûlées, de jeunes délinquants sans repères qui tentaient de s'attirer des problèmes en jouant les gros bras et en se faisant remarquer à la première occasion. Cela avait duré quelques années. Il avait fallu que Nanie fasse un malaise pour que son comportement répréhensible cesse. En effet, extrêmement diminuée par cette crise, elle avait eu besoin de toute l'aide disponible et Naé s'était soudain trouvé face à ses responsabilités.

Avant, Nanie était celle qui travaillait treize heures par jour pour ramener de quoi manger et se chauffer. À présent, elle n'en était plus capable et il avait dû reprendre le flambeau. À son tour, il avait dû prendre soin des siens. Le lendemain de son accident, Nanie lui avait fait promettre qu'il arrêterait avec ses bêtises et quitterait définitivement son groupe d'amis délinquants.

Cela faisait désormais trois ans que le jeune homme était dans le droit chemin, prenant soin de sa grand-mère, son frère et Vigdis. Le seul fait de penser à elle le fit souffrir. Il ne pouvait enlever de sa mémoire les deux ombres qu'il avait surprises la veille.

– Je viens de poster l'article sur la contamination de l'eau avec le hashtag d'alerte sur #Rebels, s'exclama soudain Vigdis, le sortant de ses pensées. Nous n'aurions pas dû rester aussi longtemps sur place. J'ai des centaines de messages en attente de réponses sur le chat.

– Tu n'avais pourtant pas l'air de t'ennuyer, la taquina Gotyé d'une voix presque inaudible.

Un sourire immense s'étira sur le visage rayonnant de la jeune femme qui lui donna un petit coup de coude en guise de protestation.

Naé croisa le regard de la jeune femme dans le rétroviseur de la jeep qui roulait à toute vitesse sur les petites routes de campagne qui menaient au centre urbain d'Alaros et eut le sentiment que des couteaux lui transperçaient le cœur. Il aurait voulu être sincèrement heureux pour elle, mais c'était plus fort que lui. Il était jaloux.

Précédemment, Vigdis avait déjà eu des partenaires. Pas beaucoup, mais elle en avait eu. Mais cette fois, c'était différent. Elle semblait être sur un petit nuage depuis qu'elle avait rencontré Eden et ça, Naé ne le supportait pas.

— Nous sommes bientôt arrivés ? interrogea Coralis en prenant la main de Naé, le sortant de sa rêverie.

— Nous devrions y être dans une dizaine de minutes, informa le résistant au volant, étonné que les habitants ne reconnaissent pas les environs de leur propre contrée.

La vérité était qu'aucun d'eux n'avait pour habitude de quitter Alaros. C'est ce qu'ils avaient toujours connu et, hormis cette folle escapade qu'avait été la mission amorcée par Vigdis, ils n'en étaient jamais sortis.

— J'ai lu les quelques pages du dossier de cette fameuse Althéa, s'adressa Gotyé au groupe et il s'avère qu'elle n'a pas réellement disparu.

— Oui, je sais, le coupa Vigdis en montrant son émetteur, j'ai reçu un message de LostAngel me demandant d'enquêter sur un lien entre le réseau résistant et la mort supposée de sa sœur.

— Althéa ? Morte ? s'étonna le roux.

– Je suppose qu'elle a dû apprendre quelque chose dans ce sens, car je pensais qu'elle avait seulement disparu.

– Une chose est sûre, elle n'est pas morte à l'époque de sa soi-disant disparition, la contredit-il.

– Comment le sais-tu ?

– Regarde ici, l'invita Gotyé à examiner les informations qu'ils avaient dénichées. Dans ce dossier, nous avons la preuve que durant cette période, elle faisait, ainsi que d'autres personnes, partie des premiers éléments à intégrer le programme spécial du centre Verlaine.

– Tu en es sûre ? questionna-t-elle, stupéfaite.

– Regarde, lui prouva-t-il en pointant du doigt un passage du dossier de la jeune disparue.

– C'est complètement fou ! s'écria Vigdis.

Elle aurait voulu envoyer sur-le-champ un message à son agent infiltré pour lui apprendre que sa sœur était bel et bien en vie mais elle se retint. Elle devait en savoir davantage avant de lui donner de faux espoirs. Elle eut un moment de lucidité qui l'alerta sur l'air absent de Gotyé.

– Ça va ? l'interrogea-t-elle, suspicieuse, en baissant d'un ton sa voix. Je devine que cet air tout tristounet est dû au soldat que je t'ai vu embrasser ? Son prénom est Rayn, c'est ça ?

Son ami lui offrit un tel sourire qu'elle comprit que c'était bien évidemment de lui qu'il était question.

– Alors, explique-moi ce qui s'est passé entre vous et surtout, n'oublie aucun détail, le commanda la jeune femme.

– Tu es chez toi, s'écria Naé à l'intention de Coralis en apercevant la bicoque délabrée dans laquelle elle habitait avec ses parents.

Coralis vivait à la frontière d'Alaros. Elle n'était pas réellement installée dans la province mais dans ce qui était plus communément connu sous le nom des "terres". En effet, les terrains présents entre les différentes contrées étaient des régions très souvent inhabitées. Cela était dû au fait qu'aucune alimentation en eau, électricité ou tout type de réseau n'était fournie sur ces territoires reculés mais certaines personnes particulièrement pauvres n'avaient pas d'autre choix que de s'installer dans ces endroits désolés.

Coralis remercia le chauffeur qu'elle gratifia d'un sourire amical avant d'embrasser son compagnon sous le regard de Vigdis dont le cœur se serra violemment.

– Quand te reverrai-je ? demanda-t-elle ensuite à Naé avant de l'embrasser à nouveau.

Il lui caressa tendrement la joue et Vigdis aurait voulu échanger sa place avec la blonde à tout prix, puis il lui promit :

– Je passerai dès que possible, tu peux compter sur moi.

– Je t'aime, lui murmura Coralis, assez fort pour que les autres membres du véhicule puissent également l'entendre et Naé l'embrassa plus passionnément encore.

Vigdis sentit la bile remonter dans sa gorge et, après avoir échangé un regard peiné avec Gotyé, elle se permit d'intervenir, feignant l'agacement pour cacher son cœur brisé :

– Bon, on en a encore pour longtemps ?

Sur ces mots, après avoir échangé un dernier regard avec son compagnon, Coralis quitta le véhicule qui était stationné à quelques mètres tout au plus de la maison de ses parents. Lentement, la jeep se remit en route vers le centre d'Alaros et, même si Naé ne lui avait fait aucune réflexion, Vigdis savait qu'il lui en voulait pour cette dernière intervention. L'atmosphère pesante était si oppressante que la jeune femme explosa, cherchant à pousser Naé à s'expliquer :

— Si tu as quelque chose à me dire, dis-le !

— Tu n'as aucun droit de t'adresser à Coralis de cette façon à ma copine, elle ne t'a rien fait, lui fit calmement remarquer le jeune homme.

— J'ai le droit de lui faire une réflexion lorsqu'elle passe son temps avec sa langue dans ta bouche, lui reprocha son amie sans réfléchir.

— Elle est avec moi, que tu le veuilles ou non ! Et si ça ne te plaît pas, tu peux retourner auprès de ton petit ami ! explosa l'aîné, dissimulant très mal sa jalousie.

— Tu parles d'Eden ? s'offusqua la jeune femme, froissée.

— Je ne sais pas... Ce n'est pas avec lui que tu étais la nuit dernière ? lui lança-t-il, ironique.

— Pendant que tu étais avec Coralis, c'est ça ? Oui, j'étais avec lui et j'apprécierais que tu restes en dehors de ma vie privée, grand frère, lâcha-t-elle froidement.

— Fais-en de même dans ce cas ! s'énerva-t-il.

– Taisez-vous ! les réprimanda le chauffeur qui tentait de se concentrer sur la route.

– Qu'est-ce que c'est que ça ? questionna Gotyé en distinguant au loin une forme énigmatique dans le ciel.

Naé se redressa légèrement sur son siège pour mieux examiner la situation.

– On dirait un drone, réfléchit le chauffeur à haute voix.

– Que fait-il à Alaros ? interrogea Vigdis, dubitative.

– D'ordinaire, ils sont principalement utilisés pour des missions de reconnaissance tactique à haute altitude ou des exercices de surveillance. Mais là... On dirait qu'il...

– On dirait... On dirait qu'il n'est pas en mission de reconnaissance, suspecta Naé avant de réaliser que la province d'Alaros était attaquée.

Le conducteur réduisait la vitesse du véhicule, décélérant à l'aide du frein moteur et, avant même que les occupants puissent dire quoi que ce soit, le drone lâcha sa cargaison mortelle sur la cité. Naé, terrifié par ce qu'il venait de réaliser, hurla :

– C'est une bombe !

Son cri fut suivi d'une terrible déflagration qui rasa la moitié de la ville, un grondement terrifiant accompagnant la chute des immeubles et la vague de poussière qui recouvrit aussitôt Alaros de son épais manteau grisâtre.

Chapitre numéro vingt-neuf :

Pris au piège

L'épais nuage de fumée sembla engloutir tout Alaros, y compris les passagers du véhicule toujours sous le choc de la déflagration. Rapidement, Naé ouvrit les yeux et, protégeant sa bouche de son avant-bras, il essuya grossièrement la poussière qui recouvrait son visage. Il était sonné et ne percevait plus aucun son hormis un bourdonnement étourdissant. Comme par réflexe, il toucha ses oreilles et réalisa qu'un filet de sang s'échappait d'elles. Il jeta un rapide coup d'œil autour de lui et remarqua qu'un arbre mal enraciné qui se trouvait sur leur flanc vacillait dangereusement. L'explosion fut si puissante que l'arbre s'apprêtait à les écraser.

— Sortez de la jeep ! hurla Naé en abandonnant le véhicule.

Son saut fut accompagné d'un terrible bruit sourd qu'il ne perçut que très légèrement et sans même se retourner, il savait que l'arbre avait cédé.

— Gotyé ! Vigdis ! commença-t-il à paniquer, se doutant que les soldats du GISAR ou de l'armée de terre du Loukarr ne tarderaient pas à venir achever le travail.

Progressivement, il retrouva l'audition et ne tarda pas à entendre des hurlements. Immédiatement, il voulut rejoindre son frère et Vigdis qu'il distinguait avec difficulté à travers l'air poussiéreux, mais c'est le conducteur du véhicule qu'il rencontra en premier. Celui-ci ne semblait pas être blessé.

– Ici ! s'écria soudain Vigdis en apercevant Naé et le résistant.

Elle se trouvait aux côtés de Gotyé qui, en quittant la jeep, avait été percuté par le tronc d'arbre, coinçant son bras droit ainsi que son épaule sous ce dernier.

Naé et le résistant se précipitèrent pour aider le jeune homme à se dégager.

– À trois, nous soulevons le tronc et tu essaies de le tirer vers toi, d'accord ? proposa l'aîné à son amie qui tentait de ne pas céder à la panique.

Soudain, derrière eux, ils repérèrent une famille fuyant vers l'est, chargée du strict minimum.

– Bon, on y va, commanda Naé qui résistait à l'hystérie et à la terreur qui étaient palpables. Un, deux, trois ! s'exclama-t-il en regardant son frère dans les yeux, lui transmettant autant de courage que possible.

Le tronc se souleva et la jeune femme tira son ami blessé vers elle, forçant sur son bras et lui arrachant d'épouvantables cris de douleur.

– Je suis désolée, s'excusa Vigdis qui retenait ses larmes.

– Ça va ? demanda Naé à son cadet qui était encore plus pâle qu'à son habitude.

– Je crois que mon bras est cassé, l'informa le plus jeune en toussant violemment.

Vigdis ne parvint plus à lutter et fondit en larmes. Naé la prit dans ses bras et la serra fort contre lui.

— Tout ça, c'est de ma faute, lui confia la jeune femme.

Naé l'écarta de son torse contre laquelle elle s'était blottie et essuya ses larmes grisées par les particules de poussière.

— Ne dis pas ça. Ce n'est pas ta faute. Rien de tout ceci n'est ta faute, insista-t-il.

— Nanie..., soupira-t-elle, brusquement horrifiée à l'idée qu'il lui soit arrivé quelque chose.

— Je vais aller la chercher, lui assura son ami qui passa la main dans ses cheveux, et j'ai besoin que tu emmènes Gotyé à la lisière du bois.

— Il est hors de question que tu y ailles tout seul !

— Elle a raison, intervint Gotyé qui souffrait terriblement.

— Je l'accompagne, proposa le conducteur de la jeep. Cela me permettra d'évaluer la situation sur place afin d'en informer le restant des troupes de la résistance armée.

— Vous voyez, je ne serai pas seul et puis, vous ne feriez que nous ralentir, tenta de les convaincre Naé en faisant allusion à la blessure que Vigdis arborait à la cuisse et au bras cassé de son frère que leur amie avait fixé contre son torse en utilisant un morceau de son haut.

Les deux cadets échangèrent un regard résigné et Gotyé autorisa son frère à les laisser.

— Je ne sais pas si nous pourrons aller bien loin, lui avoua Vigdis.

— Nous allons tous faire notre possible. Va en direction du bois avec Gotyé tandis que nous allons retrouver Nanie.

— Où se retrouve-t-on ? demanda le cadet en serrant les dents pour supporter la douleur lancinante qui envahissait tout son bras jusque dans l'épaule.

— Je viendrai vous retrouver à l'orée du bois, leur promit l'aîné.

Un autre groupe quittait la ville, les visages couverts de poussière et de sang.

— Maintenant, nous devons nous dépêcher.

Vigdis prit Naé dans ses bras et, le serrant fort contre elle, elle le supplia :

" Je t'en prie, laisse-nous venir avec toi. Je ne veux pas qu'on soit séparés."

— Je n'en ai pas pour longtemps. J'ai besoin que tu sois forte.

— Fais très attention et... je t'en prie, reviens vite, le conjura-t-elle, paniquée.

Gotyé les observa, étonné par la tendresse qui se dégageait de leur étreinte, tandis que son frère promettait à leur amie d'être prudent avant de disparaître aux côtés du soldat de la résistance armée, dans le voile opaque de poussière.

Leurs amis venaient à peine de les quitter que Vigdis et Gotyé se mirent en route vers la direction indiquée par l'aîné de la famille. Au cours de leur marche, ils commencèrent à prendre conscience de l'importance des dégâts. Aucun bâtiment n'avait été épargné et ceux qui n'étaient pas entièrement détruits avaient été amputés d'une partie de leur construction. Gotyé baissa les yeux et remarqua la présence de corps au milieu des gravats. Il le savait, les dégâts étaient bien trop importants pour avoir été causés par un accident. Il s'agissait d'une attaque et ce type d'armement était uniquement à la disposition de l'État.

Alaros n'était pas en guerre.

Alaros venait d'être détruit.

Le jeune homme dont les cheveux roux, couverts de saleté, avaient perdu leur éclat, sortit soudain de ses pensées lorsqu'il perçut les hurlements de plusieurs personnes non loin d'eux.

— Qu'était-ce ? frissonna Vigdis qui n'avait cessé de pleurer en silence depuis le départ de Naé.

— Je ne sais pas, lui répondit-il. Contentons-nous d'avancer.

D'autres cris leur parvinrent, accompagnés de coups de feu groupés.

— Que se passe-t-il ?! paniqua la jeune femme en se blottissant davantage contre son ami.

— …

— J'ai peur, lui confia-t-elle.

— Tout va bien se passer, lui promit-il en regardant autour de lui.

Il repéra une maisonnette dont seule la moitié avait survécu à l'explosion. Deux personnes les dépassaient, courant aussi vite qu'il était humainement possible, en alertant ceux qu'ils croisaient que les katars étaient là. Gotyé commanda son amie :

— Allons nous abriter. Vite !

Le cadet de la famille n'avait presque aucune visibilité entre la poussière et la fumée qui s'échappait des divers feux qui avaient pris aux alentours mais il pénétra dans les ruines et se cacha aux côtés de Vigdis qui, terrifiée, tremblait jusqu'à en faire claquer ses dents.

Il ne disait rien mais, au fond de lui, Gotyé savait en entendant les coups de feu se rapprocher qu'ils étaient pris au piège. Les katars étaient là pour exécuter les rares survivants. Ils n'avaient aucune chance.

Ils allaient mourir.

Chapitre numéro trente :

WE ARE #REBELS

Le nuage de poussière était de plus en plus épais au fur et à mesure que Naé s'approchait du centre d'Alaros. Durant leur marche vers l'immeuble du jeune homme, le résistant l'avait suivi sans émettre le moindre son. Il ne connaissait pas la ville. Il n'y était jamais venu et comptait uniquement sur Naé pour se repérer dans ce labyrinthe dévasté.

L'Alarien (habitant de la province d'Alaros) tentait de rester concentré sur sa mission : trouver Nanie. Il s'interdit alors de venir en aide aux personnes blessées qui appelaient désespérément au secours. Il devait s'occuper de sa famille avant tout mais cela lui était particulièrement difficile tant les cris désespérés lui brisaient le cœur. Soudain, quelques personnes le frôlèrent en hurlant que les katars étaient présents. Sans attendre, non loin de là, des coups de feu se firent entendre et Naé devina avec horreur la raison de leur présence. Ils venaient achever les survivants. Tuer ceux qui avaient miraculeusement été épargnés par l'explosion.

— Nous devrions faire demi-tour, lui conseilla le résistant qui le suivait toujours de près.

— Tu peux y aller, je comprendrais, le libéra Naé en continuant d'avancer vers l'emplacement où se trouvait son immeuble, se faufilant dans les ruines afin d'échapper aux katars.

— Je ne peux pas te laisser, lui fit remarquer son accompagnant tandis qu'ils s'abritaient derrière un amas de débris.

— Tu ne me dois rien, le rassura le jeune homme à la chevelure blonde. Je comprends tout à fait que cela ne soit pas ton combat.

— Mais toi ?

— C'est ma maison qui vient d'être détruite, ma ville qui est attaquée et ma famille qui est menacée. Contrairement à toi, j'ai toutes les raisons de rester.

Le résistant éprouva la plus grande admiration pour le jeune homme qui était prêt à tout pour les siens.

— Fais attention à toi.

— Toi aussi, lui répondit Naé en le regardant disparaître dans le nuage de poussière.

Sans attendre davantage, le jeune homme se remit en route en prêtant une attention toute particulière à ne pas être repéré par les katars.

Quelques instants plus tard, il arriva enfin à l'emplacement où se trouvait autrefois son immeuble. Au lieu de cette bâtisse aux airs de prison qu'il avait toujours détestée, il n'y avait plus qu'une montagne de décombres.

Sur-le-champ, il grimpa en haut de l'amas de débris, rejoignant d'autres habitants, des voisins à lui pour la plupart, qui tentaient de libérer d'éventuelles victimes.

— Quelqu'un a trouvé Nanie ? les interrogea-t-il.

— Nous n'avons trouvé que des morts et, je te préviens, ils ne sont pas en bon état. Mais aucune trace de Nanie, l'informa le père de famille du deuxième étage.

— Et tes enfants ?

— Par miracle, ils sont chez ma sœur dans la province d'Aniel. Mais nous devons nous dépêcher, car les katars ne tarderont pas à nous trouver.

Sur ces mots, Naé, qui s'était senti pousser des ailes, commença à déplacer les gravats qui se trouvaient autour de lui, à la recherche de sa grand-mère tant aimée.

Les secondes, puis les minutes s'écoulèrent. Il fouillait l'amas de pierres, de parties d'appareils électroménagers, de morceaux de verre et de membres humains.

Les coups de feu qui leur parvenaient se situaient désormais juste à côté d'eux et Naé, malgré les grosses gouttes de sueur qui lui tombaient du front, ne s'accordait pas un instant de répit. Il n'avait pas le choix. Il devait continuer à chercher. Il ne pouvait pas s'arrêter et déplaçait avec fureur les imposants morceaux de façade qui se trouvaient autour de lui. Un, puis un second. Un autre suivi d'un nouveau puis encore un autre. Il ne s'arrêtait pas et surmontait sans broncher la douleur qui lui labourait maintenant le bas du dos. Ses mains, abîmées par les échardes, les morceaux de béton et le verre saignaient et son sang se mélangeait à celui des victimes dont il faisait la découverte macabre au cours de sa fouille désespérée.

— Ils arrivent, l'avertit le père de famille qui hésitait à prendre la fuite avec d'autres habitants et abandonner ce qui était autrefois leur logement.

— Pars ! l'encouragea Naé sans lever les yeux, refusant de ralentir le rythme de ses fouilles. Pense à tes enfants, va-t'en !

— Viens avec moi, le supplia son ancien voisin. Ils te tueront s'ils te trouvent !

À cet instant, Naé se figea.

Le jeune homme venait de soulever une dalle d'une taille particulièrement impressionnante et découvrit Nanie. Elle gisait là, dans la poussière, comme si elle était paisiblement endormie. Son petit-fils s'agenouilla en tentant de la réveiller et, alors qu'il voulait soutenir sa tête, ses doigts pénétrèrent à l'intérieur de son crâne.

Elle était là, l'insupportable vérité qu'il redoutait tant.

Nanie était morte.

Dans un geste de désespoir, il recula d'un pas et fondit en larmes.

Comment était-ce possible qu'elle soit morte ?

Comment l'univers pouvait-il lui infliger pareille souffrance ?

Qu'avait-il fait pour mériter ça ?

Le jeune homme, terrassé par la peine, leva les yeux et, contemplant la femme qui avait été tellement plus qu'une grand-mère à ses yeux, il sentit une rage outrancière l'envahir.

Il sentit une vague de froid parcourir son corps de bas en haut.

Il se redressa et croisa le regard révolté des autres habitants de cette ville détruite. Dans leurs yeux, il lut le même puissant désir de vengeance.

Avec un calme effrayant, il saisit un bout de verre et se rendit près du seul mur qui demeurait encore debout. Il s'entailla la paume de la main gauche et, à l'aide de son sang, il inscrivit :

"#REBELS".

Entouré d'autres rescapés, Naé, ivre de colère, les avisa :

— Les katars sont toujours présents. Ils vont sillonner la ville et abattre les survivants qui tentent de fuir vers les bois avoisinants. Nous sommes peut-être en minorité mais ceci est notre cité et nous connaissons ses moindres recoins ! Il est hors de question que je les laisse détruire tout ce qui compte à mes yeux sans me défendre et leur faire payer leurs actes au centuple ! Ceux qui veulent que vengeance soit faite, suivez-moi !

Comme un seul homme, les derniers habitants d'Alaros se mirent en route.

Ils n'étaient pas seulement effrayés, ils étaient morts de peur et pourtant, ils n'hésiteraient pas à se battre pour leur province, pour toutes les personnes qu'ils aimaient profondément. Ils se battraient pour que justice soit faite.

Ils se battraient avec leurs tripes, avec leurs âmes... Ils se battraient pour contrer cet État totalitaire qui voulait les voir disparaître. Le jeune Alarien remarqua la présence d'un groupe de katars et, avantagés par leur connaissance du terrain, les survivants de l'explosion fondirent sur leurs ennemis.

Dans la fumée environnante, les armes des katars ne leur donnaient pas un avantage déterminant et c'est par surprise que les Alariens attaquèrent leurs envahisseurs.

Aujourd'hui, Naé et les autres survivants d'Alaros étaient devenus, malgré eux, des résistants. À cet instant précis commençait le vrai combat contre le Loukarr, car, en finalité, ils étaient tous des rebelles et il prit pleinement conscience du message que Vigdis diffusait au quotidien sur la plateforme : "WE ARE #REBELS".

Rapide et agile à la fois, Naé frappa l'un des hommes à la nuque, le faisant chuter sur ses genoux et attaqua son coéquipier d'un puissant uppercut dans la mâchoire. Son cœur battait dans ses tempes et il n'avait pas le temps de réfléchir. Ses attaques étaient instinctives. Il était comme un chien, acculé, pris au piège qui devait attaquer ou mourir. Il frappa à nouveau le coéquipier, dans la gorge cette fois. Son adversaire chuta au sol dans un bruit sourd en se débattant avec rage. Il ne parvenait plus à respirer. Frénétique, il secouait les jambes comme si cela allait lui permettre d'inspirer de l'air. Naé fixait ce spectacle horrifique, terrifié par ce qu'il venait de faire. Les secondes semblèrent être des heures et soudain, son adversaire s'immobilisa.

Il était mort.

Naé sentit son sang se glacer et, alors qu'il baissait la garde, un autre katar placé à quelques mètres de lui, lui tira une balle dans l'épaule, lui arrachant un hurlement terrible. S'effondrant sur le sol, le jeune homme rampa hors de portée du tireur et s'appuya contre un mur en béton ébranlé par l'explosion. Il avait la tête qui tournait et les bouffées de chaleur qui l'assaillaient n'étaient pas bon signe.

— À l'aide ! Aidez-moi ! supplia une voix non loin de lui avant qu'un coup de feu ne mette un terme à cet appel de détresse.

Ses ennemis se rapprochaient et Naé n'avait aucun moyen de se défendre.

Soudain, il leva les yeux et, à travers l'épais rideau de poussière, il distingua des silhouettes familières : Eden et Rayn. À cette distance, il lui était impossible de savoir s'ils étaient accompagnés mais il n'en doutait pas. Il y avait beau y avoir des fous furieux dans la résistance armée, Eden n'était pas stupide. Il était très probablement accompagné de son équipe tout entière afin de secourir les survivants. Naé leva la main dans leur direction et Rayn l'imita. Ils l'avaient vu, ils allaient l'aider.

"Regarde, Naé est là-bas", signala Rayn à Eden en lui rendant son signal, l'autre main tenant son fusil d'assaut.

Remarquant qu'Eden ne réagissait pas, il insista.

— Tu entends ce que je viens de dire ?

Le chef du groupe résistant observait avec attention les Alariens se battre avec passion contre les katars. Ils n'avaient aucune chance. Il repéra un des soldats s'approcher de l'endroit où se trouvait Naé.

— Qu'est-ce qu'on attend pour intervenir ? s'impatienta Rayn, ne comprenant pas la réaction d'Eden.

— On n'intervient pas, décida le chef de la résistance armée. Il n'est pas important. La seule chose qui compte, c'est que nous retrouvions Black_Unicorn et nous manquons déjà de temps. Pour Naé, il est trop tard... Les katars commencent à l'encercler.

— Mais...

– Au moins, sa mort ne sera pas veine. Elle sera le déclencheur dont Vigdis avait besoin. Après ça, elle sera enfin réellement engagée dans la résistance, comme nous le souhaitions.

Impuissant, Rayn demeura sur place, échangeant un dernier regard avec Naé qui ne semblait pas comprendre la situation.

– On y va, commanda son supérieur hiérarchique. Nous devons la trouver avant les katars.

Rayn obéit et se dirigea avec son groupe vers le nord, abandonnant l'Alarien à une mort certaine.

**

"Mais que font-ils !?!" paniqua Naé en observant le groupe de résistants s'éloigner dans la direction opposée. C'était la décision d'Eden, il n'y avait aucun doute là-dessus. Il devait être là pour Vigdis. Il ne pouvait le laisser faire. Il devait les secourir, son frère et elle. Ils étaient en danger en restant avec la résistance armée.

Il jeta un coup d'œil autour de lui et ne vit aucune arme potentielle. Il voulut bouger mais sa blessure à l'épaule l'en empêcha. Il réessaya mais, avant même qu'il ait pu faire le moindre mouvement, un katar fit irruption devant lui. Par réflexe, Naé le frappa au niveau des chevilles, le faisant chuter, mais alors qu'il voulait le frapper derechef, le soldat esquiva son attaque et lui porta un coup au niveau de la tempe qui le sonna. L'Alarien n'était plus capable de se défendre, sa vision était trouble et la seule chose à laquelle il pensa fut Vigdis.

Il devait la protéger de cette guerre qui venait d'éclater mais aussi des résistants envers qui elle avait une confiance aveugle.

— Un dernier mot avant de mourir ? interrogea le katar qui le tenait en joue alors que deux autres membres de son escadron l'avaient rejoint.

Naé avait promis de prendre soin de sa famille... des personnes qui lui étaient chères. Il avait failli à cette tâche. Nanie était morte. Gotyé et Vigdis, livrés à eux-mêmes, étaient en grand danger. Il devait les retrouver et les protéger et, pour cela, il devait rester en vie.

— Rien à dire ? Alors, dans ce cas..., s'exclama le katar, impatient d'en finir avec lui.

— Black_Unicorn, murmura l'Alarien.

— Quoi ? Qu'est-ce que tu as dit !?! s'énerva le soldat.

— Je suis Black_Unicorn, mentit Naé, sachant qu'il venait d'échapper à son imminente exécution.

Les katars chuchotèrent un moment et l'un d'eux s'éloigna pour transmettre par radio ces informations à leurs supérieurs. Après quelques minutes interminables, les katars reçurent un ordre direct.

— Procédure OFT 402 activée.

— Que se passe-t-il ? demanda Naé au garde qui le pointait toujours de son arme.

— Tu viens de gagner un voyage dans les locaux du GISAR, l'informa le katar avec un sourire mesquin avant de le frapper d'un coup de crosse terrassant au visage, l'assommant sur le coup.

À suivre...

Vous, lecteurs de Rebels, à qui aucune information sur la suite de cette saga n'échappera grâce à la page Facebook "Aspi Deth",

Vous qui savez qu'un clic, un "j'aime", un article partagé, un commentaire ou une vidéo postée peut faire connaître ce roman, N'hésitez pas à en parler autour de vous et à recruter de nouveaux résistants.

Mais surtout soyez prêts à rejoindre la rébellion dans le courant de l'année 2016 !

D'ici-là, n'ayez qu'un mot en tête, celui de la vérité, celui du peuple, celui de la résistance :

#Rebels.

"SAVE YOUR HUMANITY, FOLLOW US BECAUSE **WE ARE #REBELS!**"

(Sauve ton humanité, suis-nous parce que nous sommes des rebelles)

Message envoyé par Black_Unicorn.

Playlist "Rebels" :

Comme certains d'entre vous me découvrent seulement et ne connaissent pas encore mon site (www.aspideth.com) où vous pouvez entre autres retrouver ma série d'articles "Playlist", je tenais à vous offrir un petit aperçu des chansons qui m'ont aidée à m'immerger dans l'univers de ce roman et m'ont accompagnée tout au long de cette phase d'écriture de ce premier tome de la saga "Rebels". Très bonne écoute à tous !

Faites-vous plaisir...

Aspi

Contenu de la playlist "Rebels" tome 1 :

1. *If you were me* - Frightened Rabbit (Album : Pedestrian Verse).

2. *Waiting Game* - BANKS (Album : Goddess).

3. *Cheers Darlin'* - Damien Rice (Album : O).

4. *Volcano* - Damien Rice (Album : O).

5. *American Oxygen* - Rihanna (Album : R8).

6. *Habits* — Tove Lo (Cover by Our Last Night).

7. *Maps* — Maroon 5 (Cover by Our Last Night).

8. *Jackass* - Kid Noize (Album : KDNZ).

9. *Battle Cry* - Imagine Dragons (Album : Smoke + Mirrors).

10. *I'll follow you* - Shinedown (Album : Amaryllis. Live session at Henson Recording Studios in Hollywood, CA).

11. *Blue Skies* - Lenka (Album : The Bright Side. Revoke remix.).

12. *20 years* — The Civil Wars (Album : Barton Hollow).

13. *Promises* — Tep No (Single).

14. *Everyday* - ASAP Rocky feat Rod Stewart (Album : At Long Last Asap).

15. *BTSK* — MR MS (Album : Seconhand Rapture).

16. *What kind of man* - Florence & the Machine (Album :

How Big, How Blue, How Beautiful).

17. *Delilah* - Florence & the Machine (Album : How Big,

How Blue, How Beautiful).

18. *Lost and Long* - Florence & the Machine (Album : How Big, How Blue, How Beautiful).

19. *Talking Body* — Tove Lo (Album : Queen of the Clouds).

20. *Thousand Miles* — Tove Lo (Album : Queen of the Clouds).

21. *Scream my name* - Tove Lo (Album : Queen of the Clouds).

22. *This time around* — Tove Lo (Album : Queen of the Clouds).

23. *Dream on* — Aerosmith (Album : Aerosmith. Live version 1973).

24. *I'll be good* — Jaymes Young (Album : Habits of my heart).

25. *Please don't go* - Barcelona (Album : Absolutes).

26. *Recovery* — James Arthur (Album : James Arthur).

27. *Latch* - Disclosure (Album : Settle).

28. *Speed Limit* - Boyce Avenue.

29. *A little death* — The Neighbourhood (Album : I love you).

30. *Ho Hey* — The Lumineers (Album : The Lumineers).

Extrait de mon roman "Les Velázquez" :

Je vous propose de découvrir un extrait de ma romance mafieuse, nommée "Les Velázquez", dont l'intégrale en deux volets est disponible en version numérique ainsi qu'en format papier. Cela vous donnera un aperçu de l'ambiance que vous pourrez retrouver dans cette saga au sang chaud !

"Ricardo, que tous surnommaient Rico, sortit de la voiture et alla, tel un vrai gentleman, ouvrir la portière de la jeune femme qui cherchait un moyen d'échapper à cette exécution programmée. Devait-elle hurler à la mort avant de tenter de déguerpir en courant aussi vite que possible dans la direction opposée ? Avec des talons de dix centimètres, ce ne serait pas si simple. Vous allez me dire : « Et les femmes flics dans les experts alors ? ». Elles, elles ont des flingues, alors elles n'ont pas besoin de courir un cent mètres. Essayer de s'enfuir au volant du char d'assaut vert sapin n'était même pas envisageable, car Marie ne savait pas conduire. Sa dernière option était de mettre Rico au tapis en usant d'une prise de kung-fu foudroyante en poussant des cris bestiaux, mais cela s'avérait perdu d'avance.

Elle n'eut d'autre choix que de saisir la main de son cavalier, tendue devant elle, et de se diriger à contrecœur vers le mini-entrepôt. Tandis qu'ils allaient entrer dans le bâtiment, Rico passa son bras autour de la taille de sa sublime partenaire qui ne protesta pas, hypnotisée par le tempo lourd et gras qui parvenait, à présent, à ses oreilles.

« Misère ! » se plaignit-elle à haute voix, sans même s'en apercevoir, ce qui fit sourire le jeune homme qui frappa du poing avec un rythme particulier sur l'imposante porte métallique. Suite à ce qui s'avérait être un code, celle-ci s'ouvrit brusquement.

Le son assourdissant de la musique vint heurter les tympans de la jeune femme qui ferma les yeux sous l'effet du choc avant de les rouvrir et de découvrir, par la même occasion, une immense salle d'un rouge vif à l'atmosphère surchauffée. A première vue, il devait y avoir une centaine de spécimens se frottant les uns aux autres sur un tempo pétulant. Marie avait toujours imaginé que cette catégorie de lieux submergés par une foule en sueur sentirait la tequila rance et les dessous de bras fétides, mais le seul effluve qui parvint à ses narines était une combinaison du parfum vanillé des danseuses et de l'arôme ambré de leurs partenaires. Par-dessus l'armada, la gracieuse brune distinguait moult fresques tapissant, par endroits, les murs. Celles-ci représentaient notamment la carte du Venezuela et ses villes principales ainsi que plusieurs splendides femmes en bikini ou en string. A l'accoutumée, Marie aurait trouvé ce type de portraits irrévérencieux et obscènes ; pour autant, dans ce cadre, ça n'était nullement offensant. Le bâtiment était agencé en une estrade sur laquelle deux artistes jodlaient et gouvernaient un escadron de musiciens, juxtaposée à une piste de danse de taille plus que respectable enclavée de tables et chaises pour permettre au public de s'asseoir, le temps de s'abreuver, de se ravitailler. A l'opposé de la scène se trouvait un bar en chêne massif, pris d'assaut par les spectateurs assoiffés. Les chanteurs interprétaient un morceau de musique latine électrifiant la foule en délire qui avait investi la piste tandis que des serveuses traversaient la masse mouvante avec une agilité, une facilité et une rapidité impressionnantes.

Ricardo posa sa main dans le dos de sa cavalière et l'encouragea délicatement à avancer tout en la guidant à travers les danseurs enfiévrés. La jeune femme se contentait de regarder le sol en progressant pas à pas, s'efforçant de ne pas écraser de pieds. Une fois arrivés au podium, le Vénézuélien saisit la main de la Bruxelloise et l'obligea à l'accompagner sur celui-ci. Marie se débattit discrètement, tentant de ne pas le suivre, sans succès. Les chanteurs stoppèrent en plein milieu de leur chanson et les saluèrent sous les applaudissements des spectateurs aussi curieux que ravis par la présence d'une petite blanche au bras du jeune homme. Celui-ci l'entraîna également saluer les musiciens. La brune se contentait de sourire bêtement, ne comprenant pas un mot de ce que ces gens lui disaient. Soudain, la foule se mit à scander le nom de Ricardo qui s'exclama :

– Je viens d'arriver. Je peux quand même boire un verre avant de danser, non ? Vera n'aura qu'à venir nous montrer sa danse du ventre dès qu'il sera là.

Ce qui provoqua un rire qui sembla parcourir la foule avant que celui-ci n'ajoute :

– Voici, Maria ! Pas question d'espérer danser avec elle, je vous connais, provoquant une nouvelle hilarité du public.

Marie ne savait plus où se mettre alors que tout le monde se mettait à prononcer son nom. Ricardo fit signe aux artistes de reprendre leur show et ils s'exécutèrent immédiatement tandis que le Vénézuélien entraînait sa cavalière dans un nouveau bain de foule. Rico se mit à errer parmi les danseurs, répondant mécaniquement aux saluts et aux compliments. Quant à Marie, elle se força à paraître joyeuse et sereine au milieu du tintement des verres, du brouhaha des conversations, du parfum des femmes et de l'arôme de l'alcool tandis que des paroles incompréhensibles l'inondaient. Les gens semblaient la saluer, mais elle ne distinguait ni leurs visages ni leurs salutations, la tête plongée dans le torse de son cavalier.

Lorsqu'ils arrivèrent enfin à une table vide, Marie fut ravie de constater qu'il s'agissait de la plus proche du bar. Ils s'installèrent l'un à côté de l'autre tandis que Rico lui expliquait que les présentations venaient d'être faites et qu'ils allaient pouvoir avoir la paix. Marie ne put s'empêcher de pousser un long et profond soupir de soulagement avant que son séduisant cavalier continue :

— Il ne me reste plus, à présent, qu'à te présenter ma famille et mes amis.

— Pardon ? Ta famille ? s'étrangla-t-elle.

— Tu as de la chance. Gina et Gaspar ne viennent pas ce soir, tu te rappelles, je t'ai parlé d'eux, mon frère et ma sœur. Mais je compte bien te présenter ma nièce, Estella. Elle travaille au bar juste devant nous. Quant à Vera et Romero, deux très bons amis, ils ne vont pas tarder.

— Je vais te tuer, marmonna la jeune femme en remarquant que la nièce en question venait les rejoindre.

Le temps d'une seconde, Marie fusilla le latino du regard en grimaçant et retint son souffle comme si elle désirait disparaître ou tout bêtement éviter de le tuer. Elle asséna toutefois un vigoureux coup de poing dans les abdominaux du jeune homme qui lui sourit et l'informa sur un ton amusé et rassurant :

— Tu dois encore te muscler un peu si tu veux que tes petits poings me fassent mal... Tu vas voir, Estella est super. Tu vas l'adorer.

Marie se contenta de lui tirer la langue en grimaçant.

Estella était une jeune fille au visage de poupée. Ses lèvres d'un rouge vif faisaient ressortir ses grands yeux noisette et le noir ébène de ses cheveux longs naturellement bouclés. Elle était petite, un mètre soixante tout au plus. Marie la trouva un peu trop mince.

– Alors, mon oncle ne te mène pas la vie trop dure ? demanda la Vénézuélienne avec entrain.

– Oui, c'est l'enfer, plaisanta Marie, mais pour le moment, je suis toujours en un seul morceau.

– Tu aimes l'endroit ? continua-t-elle de l'interroger toujours avec le même entrain.

– Oui, c'est… étonnant, finit par articuler la jolie brune. De l'extérieur, on ne dirait jamais que…

– C'est clair ! s'esclaffa la nièce en l'interrompant, cachant difficilement l'enthousiasme débordant que provoquait chez elle cette rencontre.

La chanson toucha à sa fin et un long silence investit soudain la salle alors que Marie s'exclamait :

– Pour être honnête, j'ai cru que c'était un motel !

Ce qui provoqua un fou rire général dans l'assemblée tandis que Marie enfouissait son visage dans l'épaule de son cavalier.

– Qu'est-ce que je vous sers ? les interrogea Estella, consciente que ses collègues commençaient à être débordés au bar.

– Sers-nous deux aguardientes et une bouteille de tequila blanche, s'il te plaît. Au moins, on ne te fera pas venir trop souvent.

— Ça va, je vous dérangerai le moins possible, s'amusa la jeune fille, affichant un sourire ravi par la présence de la jolie brune aux côtés de son oncle qu'elle avait rarement vu aussi rayonnant.

Marie interrogea son cavalier sur l'Aguardiente. Il lui répondit aussi vite, avec un air savant qui le rendit particulièrement séduisant :

— Aguardiente, ça signifie littéralement « eau ardente ». Ça désigne les boissons alcoolisées en général. Au Mexique, c'est généralement un mélange de rhum et de mezcal. Chez nous ou en Colombie, c'est une liqueur anisée contenant un alcool de canne à sucre.

— Et c'est fort alcoolisé ? insista-t-elle, curieuse.

— Environ trente degrés d'alcool.

— Merci, professeur, le félicita Marie en applaudissant discrètement pour éviter d'attirer une fois encore l'attention de la foule qui se déhanchait à quelques mètres à peine d'eux.

Les deux artistes quittèrent la scène en direction du bar tandis qu'une chanteuse prenait leur place, interprétant une chanson plus douce. Marie pivota vers son hôte, des millions de questions dans les yeux, et lui demanda :

— Alors, muchacho, comme ça tes amis vont venir ?

— En effet, mais n'aie pas peur. Aucun n'est aussi méchant que toi.

— Quel comique ! se moqua-t-elle. Parle-moi de chez toi au lieu de jouer les malins. Comment sont les gens ?

— Chez moi, quarante pour cent de la population a moins de quinze ans. Les cigarettes nationales sont les « Belmont » qui sont quatre fois moins chères qu'ici. La majorité des familles ont entre cinq et neuf enfants. Tout le monde est très proche dans mon pays, car la famille et les amis sont sacrés. La preuve, conclut le séduisant Vénézuélien en montrant la foule de la main. On se connaît tous. Je connais les parents, les frères et les sœurs ainsi que les grands-parents de, pratiquement, tous ceux qui sont présents ici ce soir.

— Continue, l'encouragea-t-elle, intriguée.

— Chez nous, un litre d'eau a plus de valeur qu'un litre d'essence. À part ça, on est connus pour nos belles femmes. On a un nombre impressionnant de miss monde et de miss univers.

— Ça se comprend quand on voit ta nièce... Elle est magnifique.

Il se mit à rire, joyeusement.

— On voit que tu ne connais pas sa mère, ma sœur. Demande à qui tu veux ici, ils te diront tous que Gina est la plus belle femme qu'ils connaissent.

— Et comment sont les mecs au Venezuela ? l'interrogea Marie, particulièrement attentive à sa réponse.

— Je vais te faire une confidence, déclara-t-il d'une voix intrigante. Ils sont très moches ! Non, je plaisante. Au Venezuela, presque tous les mecs sont des dragueurs. Au pays, c'est tout à fait normal de mater une fille et de lui faire ouvertement des avances.

– J'avais remarqué. Je te rappelle que tu m'as presque harcelée pour qu'on passe du temps ensemble.

Estella vint interrompre leur discussion et servit leurs boissons avec des « parrilla criolla » (bœuf mariné puis grillé au barbecue) et des « pabellon criollo » (plat composé de viande hachée, bananes plantains frites, haricots noirs et riz.).

Marie goûta les plats, sceptique, mais fut sous le charme dès la seconde bouchée. Elle lui fit comprendre qu'elle adorait, avant de boire cul sec son aguardiente et d'accuser son cavalier, provoquant l'hilarité de celui-ci :

– Ah, quelle horreur ! Tu as voulu me tuer ou quoi ? Il y a des moyens moins pénibles, je t'assure.

Elle secoua la tête en se mordant les lèvres tant le goût était insupportable. Mais, alors qu'elle allait enchaîner en buvant d'une traite sa tequila, Ricardo l'en empêcha en la taquinant, incrédule :

– Mon dieu, sacrilège ! Il ne s'agit pas de n'importe quoi. C'est de la tequila blanche, tu dois la respecter et la déguster correctement.

– Et on peut savoir comment, monsieur l'expert ?

– C'est vrai que c'est normal que tu n'y connaisses rien à la tequila, t'es beaucoup trop pâle pour y connaître quelque chose, la taquina-t-il.

Le séduisant Vénézuélien prit la main gauche de la jeune femme sur le dessus de laquelle il saupoudra du sel avant de placer une rondelle de citron vert entre le pouce et l'index de sa cavalière. Il faisait preuve d'une délicatesse hors pair à chaque fois que leur peau était en contact. Il informa ensuite la jeune femme :

— Maintenant, lèche le sel et bois ton verre d'un seul trait. Une fois que c'est fait, mords dans la rondelle de citron. Ça s'appelle communément « Teq Paf ».

Marie s'exécuta et avoua qu'il s'agissait là d'une façon particulièrement agréable d'apprécier la tequila. Ses joues s'étaient empourprées et elle détourna son attention en lui demandant :

— En Amérique du Sud, ce n'est pas plutôt le rhum que les gens boivent ?

— En effet... Mon ami, Vera, dont tu feras la connaissance tout à l'heure, s'est mis à la tequila quand nous avons quitté le Venezuela et nous a tous initiés par la même occasion. En conclusion, j'aime beaucoup le rhum, mais je préfère la tequila.

— Il y a toujours autant de gens qui viennent ici, un mercredi soir ?

— Non, mais ce soir, il y a vraiment un grand nombre de personnes, car des colombiens sont venus pour la représentation de « Joropo » qui avait lieu un peu avant notre arrivée.

— Joro quoi ?

— C'est une musique chorégraphiée traditionnelle, typique d'une région du Venezuela et de la Colombie. C'est très festif, j'adore.

— On aurait pu venir plus tôt si tu m'en avais parlé, au lieu de jouer les cachotiers.

— Oh non, je connais les danseurs depuis que je suis tout petit. Disons que ma sœur a le chic pour se faire des relations. Je me rappelle d'ailleurs qu'elle est sortie un temps avec l'un d'entre eux.

— Elle ne vit plus avec le père d'Estella ?

— Il est mort. Assassiné.

Marie ne répondit pas. Elle ne savait pas quoi dire de toute façon.

Elle baissa les yeux un moment tandis que Ricardo la fixait, tentant de traduire ses expressions. Puis, il porta la main à son visage et lui effleura légèrement la joue dans un geste de possession évidente. Marie vibra au contact de sa paume chaude contre son visage. Elle ne s'était pas attendue à cette attention de sa part et le regarda, médusée. « On vous dérange à ce que je vois » s'exclama une voix grave et austère. Ricardo leva les yeux et reconnut Vera accompagné de Romero.

Le jeune Vénézuélien leur présenta sa cavalière qui les interrogea :

— Le monsieur que j'ai vu à l'hôpital n'est pas avec vous ? Celui avec… l'œil…

— Mon père ? Oh non, il est resté avec la sœur de Rico, l'informa Romero, aimable. Il joue les gardes du corps. Il ressemble à un pirate, pas vrai ?

— Il a pensé à la jambe de bois et au perroquet sur l'épaule ?

— Il aurait un sacré look, répondit le petit homme trapu en pouffant.

Rom avait été sympathique et avait fait en sorte de mettre immédiatement la jeune femme à l'aise. Ses brûlures, ses cheveux en bataille, ses scarifications et sa mâchoire proéminente lui donnaient des airs d'ours enragé. Il ressemblait à un taureau, invulnérable. Romero avait un sacré look, un de ceux qu'on n'oublie pas. D'ailleurs, Marie ne manqua pas de remarquer qu'un grand nombre de jeunes femmes avaient les yeux rivés sur lui depuis son arrivée.

Quant à Vera, il en était tout autrement. Le chauve lui jeta d'emblée un regard austère qui traduisait une hostilité apparente.

– Qu'est-ce qu'elle fait là ? questionna-t-il son ami, ignorant sa cavalière.

– Ne dramatise pas, soupira Ricardo.

Marie, désireuse d'adoucir l'atmosphère, lança au chauve :

– Ce n'était pas prévu.

Cela ne dérida pas Vera qui lui répondit hargneusement :

– Ce n'est pas à toi que je parle.

– La politesse, tu connais ? riposta la jeune femme sans se démonter.

– Dis-moi, tu te crois drôle ? la provoqua le chauve, cherchant manifestement le conflit.

– Vera, fais pas le con, intervint Romero, avec rudesse, tentant de le modérer avant que la situation ne dégénère.

Marie fulminait et explosa en pointant l'énorme crâne du doigt :

– Oh, tu vas me parler autrement ! Pour qui tu me prends ?! Nazi !

— Mets une laisse à ta gonzesse sinon je lui coupe le doigt ! tonna Vera à l'attention du cavalier de la brune.

Rico mit instantanément les choses au clair en lui rétorquant, offensif :

— Pose la main sur elle et je te brise le bras.

— Je rêve ou tu me menaces ? s'étonna son ami au crâne dégarni.

— Ça suffit, Vera ! lui ordonna Ricardo dans un puissant rugissement, faisant sursauter sa cavalière et attirant l'attention des danseurs les plus proches.

Le calme revint aussitôt suite à ce rappel à l'ordre et Romero s'éclipsa au bar, entraînant le chauve avec lui afin de le calmer.

— Je suis navré pour Vera, s'excusa le séduisant Vénézuélien auprès de la jeune femme.

— Oh, ne t'en fais pas. J'ai vu plus méchant.

— C'est vrai ? s'étonna Ricardo.

— Bon, peut-être pas, plaisanta-t-elle. Après tout, il ne m'aime pas et il en a le droit. Moi non plus, je ne l'aime pas.

— Là n'est pas le problème. Il pense seulement qu'on ne devrait pas se voir, autant dans mon intérêt que dans le tien.

— Il a sûrement raison…, avoua-t-elle pensive avant de plaisanter, mais comment pourrais-je fuir devant un homme aussi élégant ?

— Ah, enfin un compliment… C'est vrai que je me suis mis sur mon trente-et-un.

– J'aime aussi beaucoup quand tu t'habilles plus relax mais je trouve que tu devrais attacher tes cheveux plus souvent, c'est plus sexy. Ça fait gigolo.

– Bon, alors je les détache tout de suite…, la taquina Rico en faisant mine de détacher son chignon.

– Non ! Ce que je veux dire c'est que ça te va très bien. J'adore.

Ils rirent joyeusement, sous les yeux de Vera qui, du haut de son tabouret, adossé au bar, n'en manquait pas une miette.

Le chauve rageait. Son ami, son confident, celui qu'il considérait comme son frère, venait de lui tenir tête pour une femme. Bien entendu il ne s'agissait pas d'une histoire de code d'honneur ancestral entre amis. Il s'agissait de cette femme, cette Marie, cette étrangère qui chamboulait tout sur son passage. Elle était piquante, drôle et d'une beauté diabolique. Un cocktail détonnant auquel son ami ne parvenait pas à résister. Vera le savait, Marie allait tout foutre en l'air. Cette idiote allait détruire Rico ainsi que leur vie à tous. Pour la première fois, Vera voyait son meilleur ami amoureux. Vraiment ? Qui l'eût cru ? Pas le chauve en tout cas. Il n'avait rien vu venir et quoiqu'il veuille tenter à présent, il était déjà trop tard.

Sans le savoir, Marie et Rico venaient de lancer les dés qui les mèneraient à leur perte. Vera en était convaincu. Les choses ne faisaient que commencer…".

A suivre...

Si cet extrait vous a plu, retrouvez la suite des aventures de Marie et Rico dans les deux tomes de la saga "Les Velázquez" disponibles en numérique et en format papier !

Remerciements :

En premier lieu, je tiens à vous remercier, mes très chers lecteurs, qui me découvrez avec cette saga ou qui me suivez depuis ma romance mafieuse, "Les Velázquez".

Merci à vous tous qui me soutenez à travers mes différents projets. J'espère qu'Enora, Vigdis et tous les autres protagonistes vous auront plu. Après les Velázquez, j'ai eu besoin de changer d'univers, mais mon style est resté le même. J'espère que mes personnages vous auront convaincus de découvrir la suite de cette nouvelle aventure littéraire.

Encore merci à mon incroyable communauté Facebook pour le soutien quotidien ! Vous êtes tout simplement géniaux.

Je remercie évidemment Pierre, mon mari, qui est à la fois, mon premier fan et mon manager. Merci pour son soutien dans tout ce que j'entreprends. Son humour irrésistible et ses discours de motivation sont mon carburant pour écrire !

Un grand merci aussi à mes correctrices, Titi (Martine) et Lili (Lisianne), qui corrigent cette saga avec un enthousiasme qui me ravit. Merci encore pour leur disponibilité et leur amour des mots.

Je remercie également Erica Petit, mon illustratrice, qui a réalisé un travail formidable sur ce nouveau projet et a supporté mon perfectionnisme sans broncher.

Je n'oublie pas Emilie Ansciaux qui s'est occupée du formatage de mon roman malgré mes tabulations infernales.

Je ne peux toutefois pas clôturer ces remerciements sans mentionner toutes les personnes qui ont permis de concrétiser ce projet littéraire :

Sania Dubois, Valérie Chapaux, Thérésa, Sarah Vallée, Lisianne Rolin, Marine du blog "Chroniques d'évasion", Sonia Coudert aka ma petite S.A. William, Amélie du blog "Le monde de Paraty62", Murielle Adam, Sophie Vandevoir, Leila Cornille, Pascal Leclercq, Magali Charles, Claude Hourant, Cass du blog "Casscroutondeslectures", Philippe Gerodez, Astrid Méan, Lucie Bernard, Valéry Hardiquest, Marie-Carmen Gonzalez, Manon Elisabeth d'Ombremont, Mélanie Baranger, Oligopolemarc, Pierre-Armand Cajot, S.G. Baud'huin, Sabrina Jamers, Jacqueline du blog "Mi-Ange Mi-démon", Céline Hecq, Jean-Luc Méan, Martine Colas, Art Yoon, Annie Durieux, Romane Tamenne, Fran Cine, Emilie Malburny, Philippe Sombreval, Elina Reant, Vanessa Dubaniewicz, Céline du blog "Les lectures d'Abby", Mylène Charpentier, Kassandra Blake, Caroline Tillman, Laura Notarianni, Anthony Zo, Marie-Isabelle Tasset, Marie Lecerf, Tamara Drop, Vincent Rixhon et Laure Brogniez.

Un merci tout particulier à Johann Prudhomme, Carole Pigeolet et Nathalie Urbain pour leurs immenses contributions.

Ils ont grandement contribué au succès de ce projet.

Tout ça, c'est grâce à vous !

Merci à tous !

Aspi

Sites et réseaux sociaux :

Pour plus d'informations sur mes romans ou mon actualité, n'hésitez pas à me suivre sur

Mon blog :

www.aspideth.com

Pour des informations au jour le jour concernant l'avancement de mes différents projets de publication, le tout dans une ambiance conviviale, n'hésitez pas à passer faire un tour sur ma page Facebook.

Facebook :

www.facebook.com/AspiDeth

Vous pouvez également me suivre sur mes autres réseaux sociaux :

Twitter :

www.twitter.com/AspiDeth

Youtube :

www.youtube.com/AspiDeth

Instagram :

@AspiDeth

Vous pouvez également me transmettre vos commentaires, remarques et/ou encouragements en me contactant via **email** à l'adresse suivante : aspideth@gmail.com